丫溪，
嫁给他吧

马诗歌 丫溪 著

湖南科学技术出版社

2004年 相遇

2005年 牵手

2006年 磨合

2007年 出游

2008年 考研

2009年 实习

2010年 求职

2011年,我们结婚吧!

让他挣钱 让他付帐 让他洗衣 让他做饭  给她快乐 给她高潮 给她幸福 给她健康

爱情如果不落到穿衣、吃饭、睡觉、数钱这些实实在在的生活中去，是不会长久的。真正的爱情，就是不紧张，就是可以在他面前无所顾忌地打嗝、放屁、挖耳朵、流鼻涕；真正爱你的人，就是那个你可以不洗脸、不梳头、不化妆见到的那个人。

——三毛

本书记述的便是丫溪和马诗歌七年感情生涯中那些上课、自习、打嗝、放屁、吵闹、打架、挖耳朵、做家务、收养小猫、携手旅行、一把鼻涕一把泪、三天三夜不洗澡、求婚视频闹翻天等等小事，很细碎、很生活、很世俗，但却连动着青春，关乎着爱情。

——马诗歌、丫溪

一段求婚视频引发的"恨嫁"心理

一段30天前传到网上的视频

两位即将毕业的大学情侣

三天内占据各大视频网站首页

四个字概括网友观看感受——边笑边哭

五彩缤纷的妙语连珠

六年"一棒到底"的校园爱情

七嘴八舌的史上最牛亲友团

久久不能平静的心情

十分精彩的爱情宣言

当这个视频在网上刚刚开始流传的时候，我迟迟没有打开去看，一来是7分40秒的长度对于习惯了2分钟看一个笑料解闷的网友来说实在太长了，二来是近年求婚视频频繁多见花样百出，我曾随大学生的情感一同哭过笑过，对校园浪漫不免有些审美疲劳。然而一个视频能够火到浏览次数几百万、并凭借其受欢迎程度登上了有着"小新闻联播"之称的手机报，着实让人充满好奇和期待。当我静心看完之后，这段在业内人士看来剪辑和特效均不复杂的视频，在幽默的妙语连珠后，直穿了我的心灵。

"如果我们这代人还有一丝信仰，我想可能是爱情。"这段出自求婚视频女主角孙丫溪博客里的话或许代表了众多网友共同的心声。72人，27次"丫溪，嫁给他吧"，制作者马诗歌动用了庞大的亲友团，以他独特的方式精心策划并制作出一段由"全世界"替他喊出的宣言，也借此告诉丫溪：你看,这么多人看着呢,我能不好好对你吗?令人感动的并非是求婚本身,而是他们用行动回答了那些你我似乎都有感触的牵动人心的问题:校园恋情可以很靠谱!毕业之后可以不分手!初恋可以一棒跑到底!所以当那些朝气蓬勃、古灵精怪的大学生们大胆喊出"嫁给他"时,不要去问他是谁,他的名字叫爱情。

周围很多女性朋友说,看完这个视频感觉自己非常期待嫁出去。在这个容易让感情也变得浮躁的21世纪,最值得托付终身的是什么?是爱情,所以丫溪,你要不嫁,我们就嫁了。

事实上,这个火起来的视频中关于马诗歌真正求婚时场景的记述只有四张照片,那个被网友称作"大亮"的条幅"给她高潮"让马诗歌这个费尽心机的求婚仪式崭露了冰山一角。当这个被亲友团"轰炸"到眩晕的女主角走到台上时,男主角如何亲自说出"嫁给我",完成最后的临门一脚呢?

马诗歌,你该上场了。

丫溪，嫁给我吧 PART 1

1. 不是诗歌的师哥与不姓丫的丫溪 …………………………………… 002
2. 求婚这件坑爹的小事 …………………………………………………… 005
3. 该用什么表达爱，我的天使 …………………………………………… 010
4. 有权享受惊喜 …………………………………………………………… 018
5. 星星之火点燃小宇宙 …………………………………………………… 022
6. 绝密的求婚攻略 ………………………………………………………… 026
7. "被求婚者"的12小时绝地反转 ……………………………………… 030
8. 该用青春去折腾——马诗歌求婚项目主管的工作心得 …………… 033
9. 兄弟、弟妹，听哥说句心里话——求婚亲友团代表的内心独白 … 037

来一次触及灵魂的恋爱 PART 2

1. 中国传媒大学的革命友谊 ……………………………………………… 040
2. 蹩脚红娘和穷酸诗人的意外邂逅 ……………………………………… 045
3. 电子时代的纸质情书 …………………………………………………… 049

4. 恋爱之后干点啥？ 053
5. 男人被改造的心理过程 056
6. 自行车上哭不出来 060
7. 今天我煮了一只鸡 064
8. 穷游精神金不换 069
9. 有爱，你就大声唱出来！ 073
10. 一封触及灵魂的检讨——马骁写给丫溪的另类情书 078

趁年轻，去经历　PART 3

1. 异地，是否恋不下去？ 084
2. 可能会成超人 088
3. 剧组是个什么玩意儿 090
4. 养猫"育儿经" 093
5. 既然要结婚，挣钱才有家 097
6. 婚前模拟自测题 099

哥们姐们有一说一　PART 4

1. 硕果仅存的一对 108
2. 青春就该大手笔 110
3. 亲友祝福是怎么炼成的 112
4. 缘分是个奇妙的东西 114
5. 今夜，请让我们严肃地谈谈爱情 116

马诗歌说

PART 5

1. 小·孙同志你生日快乐 — 122
2. 落马 — 124
3. 成龙演唱会，凭什么？ — 127
4. 凌晨一点，我给大家讲个故事 — 129
5. 论文焦了 — 133
6. 再见"广院之春"，再见云南福娃 — 136
7. 关于考研说两句 — 142
8. 吃软饭与看专家 — 147
9. 广播台的核心是编辑 — 150
10. 校园的大路两旁，有一排光荣的红榜 — 156

我们要结婚，欢迎来蹭酒 — 159
一个出嫁女儿的父亲的告白 — 162
网友评论（微博） — 165

2011-4-16
激动人心的求婚夜

PART 1

丫溪，嫁给我吧

六年的感情考察在今天交上答卷，
这时候，
音乐应该响起了

——马诗歌 2011年4月16日
北京东方先锋剧场 舞台中央

不是诗歌的师哥与不姓丫的丫溪

"您好，我叫孙丫溪，孙悟空的孙，王小丫的丫，溪流的溪。"

马诗歌说

　　求婚过后，"马诗歌"这个外号比我自己的名字更加被人所熟知。世上本没有诗歌，喊师哥的人多了，自然成了诗歌。这句没太多逻辑有点拗口的话的确就是"诗歌"的来历。广院有个在外人听起来怕怕而自己人觉得亲切的传统，就是无论年龄大小，只要早一年入校的，都算是"师哥师姐"。注意，正宗称谓仅此一种，喊学姐、师兄、学长什么的一定是看完日剧台剧过来蒙人的。师哥师姐会在开学的时候自发组织与新来的师弟师妹们见一面，这种见面阵式有大有小，风格有轻松有严肃，部分方式方法把握不当的相会在江湖上流传开来，就成了坊间传闻异常邪乎的"训新生"。欺负人的群体有，不得当的方式也有，但毕竟越来越少。总的来说，一开学就会会面是种有效的交流方式，尤其"师哥师妹师姐师弟"这种亲密的裙带关系有助于大家打成一片，当然，前提得是建立在彼此尊重基础上。互相认识之后就好办

了。比如社团办活动需要人撑场面吧？找师弟，表现好的可以和师姐一起撑；完成拍片作业需要演员吧？找师妹，表现好的可以和师哥演吻戏。一来二往，不熟也熟。从大二开始，我就习惯了叫别人师哥，等到大四也就习惯了被别人叫师哥。我在学校社团受到师哥师姐照顾的同时也把关爱给了师弟师妹。即便到了工作岗位，这种情感也会让校友之间显得格外亲切。

丫溪已经习惯于叫我马诗歌，虽然我半点师哥的待遇都没享受到。师哥什么待遇？叫你往东你最好别往西，叫你刷牙你最好别漱口。可惜，现实中我白瞎了"师哥"的名。朋友把这归结为我怕老婆，我并不同意，早请示晚汇报就是怕么？听使唤不反抗就是怕么？错了，六年下来，随你们说吧，哥反正从没怕过。

丫溪说

微博上，曾有一位朋友给我留言，"丫溪，你该不会姓丫吧？"我无语啊，我无奈啊，亲，我在这解释一下，我不姓丫……

从小到大，我最害怕的事情是介绍名字。见到陌生人，就是这句"您好，我叫孙丫溪，孙悟空的孙，王小丫的丫，溪流的溪"，就为了介绍三个字，一句话里带出两个名人，多费劲多拗口。

关于我的名字，得到最多的评价是"好奇特啊"，听到最多的问题是"为啥取这个名字啊"。说起取名，其实典故是这样的。我要个性的爸爸（就是在视频中苦口婆心说着"北京是个大舞台"那一位）在我还未出生，就已拿定主意铁了心，不顾全家老小上下一致的反对，无论男女，就坚守一个名字——"丫溪"。从何而来？据我爸说是描绘小溪边一个小树丫积

听好了,老老实实跟着"诗歌"混,有肉吃

极生长的场景,他解释为这是一种"画面"!是一种"感觉"!是一种"情绪"!是一种"意境"!好吧,我赞一个……

从南方到北方,从学校到社会,我的名字再次遭遇了尴尬。北京的朋友大抵是知道的,"丫"这个字用在某些话语里不是个好词(你们懂的……),于是也就出现了经常有北京的朋友不愿,也无法理直气壮的高呼出我的名字,于是我有了小名:可爱的"丫头"、温柔的"小溪"、豪迈的"丫姐",等等。好吧,我忍一个……

马诗歌却从来不习惯直呼我的名字,六年来我忍辱负重,被取了各种小名,思维之发散让人无语,例如"菠萝·灯"、"古藤·宝"之类,连他自己都说不出哪挨着哪的称呼(另外还有各种小名之不靠谱、之太丢人就不逐一体现了)。直到被求婚,当视频里亲友团朋友们喊着"丫溪,嫁给她吧",当各路朋友纷纷在网上留言"丫溪,祝你们幸福"时,"丫溪"这个在我看来奇特拗口的名字一下子变成了网络上充满爱意的昵称,成为了感情美满的代言,好吧,我幸福一个……

求婚这件坑爹的小事

> 我不是一个可以边写论文边找工作还边求婚的人，
> 但为了你，我可以，我真的可以。

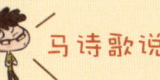
马诗歌说

求婚视频意外走红后，有朋友从外地专程打电话来谴责我："小子，处心积虑、费尽心机、机关算尽啊你，搞么大动静，我们以后怎么办？"

老实说，有点冤枉我，动静的确有点大，但处心积虑还真没有。我思考过，如果我告诉丫溪我曾经压根儿没把求婚当回事会不会影响到我在这个家里的政治前途？如果不影响，那我就把这个无伤大雅的玩笑悄悄地跟大家说一下。没错，2011年的4月对于我来说，绝不是适合求婚的调调。比起让人焦头烂额的论文、没着没落的工作以及卫生间里堆起来的臭袜子和脏T恤，我实在不觉得我能像关老爷那样一边被人用刀刮骨，一边还能跟人下棋搞娱乐。所以求婚这件事，往大了说，它当不了东海龙王的定海神针，咱俩的关系属于板上钉钉，家长也见了，时间也那么久了，该定的早就定了，最多是个锦上添花，已然改变不了历史车轮行进的轨迹。往小了说，不过是人脸上那颗水到渠成的青春痘，初一不破十五破。意思就是犯不着为了求婚兴师动众大动干戈搞得全天下要不知道你被求婚都不好意思说自己上过网似的。而且考虑到我

一向怕麻烦的本性,凑合一下就是我最初的态度,比如在卫生死角放颗故意被灰尘包裹的戒指,在周末大扫除时故作好奇状:矮油,什么垃圾这么非主流。但是,当你问了我1314遍"你打算怎么向我求婚"的时候,我震惊了,我想你是在乎的,在乎我用什么态度跨过从恋爱到婚姻的这道坎。

所以我开始认真的考虑,比如预订一间纯正的法国餐厅,自己早早地坐到桌前,等风尘仆仆的你赶到餐厅,服务员用标准的法语暗示你"绷住"(bonjour)。待你在桌前坐好闻到我身上淡淡的古龙水味儿,乐师走来拉上一曲Salut d'amour(《爱的致意》),邻桌的老人孩子纷纷投来微笑目光,于是你开始四下张望,感觉要发生点什么。我拿起香槟,水晶般剔透的高脚杯发出清脆的撞击声,当酒喝到底的时候,你看到一枚硕大的鸽子蛋,顿时泪如雨下,不等我开口说明情况,你已告诉我:你愿意。我曾深深被这样的情节打动,并幻想未来的某一天我能成为男主角,俘获心中的女神。可是求婚没法重来,我非常担心当乐曲奏了4个八拍后,你会跟人说"帅哥您去别桌吧我们真没钱",这种让我瞬间石化的事情不是一两次了,所以我邀请来的罗曼蒂克先生必须强大到无法被你赶走才可以。

那就来点上规模的吧,张艺谋够大了吧?奥运会开幕式够大了吧?世贸天阶的天幕(北京一处长达250米、宽30米的巨型屏幕)够大了吧?当你走到世贸天阶广场,拿出手机准备臭骂迟到的我时,我悄悄地蒙上你的眼睛,让你猜猜我是谁,当你说滚蛋的时候,我很欣慰地告诉你,好的,滚起。于是背上的维亚开始

上升，我慢慢悬空，最后距离天幕非常近时，几束圆形追光把我紧紧包裹，我在空气中往前滚啊滚，就像李宁在北京奥运开幕式上点燃火炬那样。我每往前游一点点，天幕就显现出我俩的影像，从认识你的那天开始一直到现在，我们的爱情故事在天幕铺陈，直到我游完那250米，天幕中出现巨大的字样"嫁给我"。而你也已是泪流满面。怎么样，喜欢我的大手笔吗？不好意思，当我发现它毫无可操作性的时候，我已然"内牛满面"。

　　你看，要找一个自己喜欢、适合对方而且自己又能承受的求婚方式，多么不易，所以，求婚这件小事，坑爹了。我不是随随便便就认真的人，但我认真起来就不是随随便便的人了。我不是一个可以边写论文边找工作还边求婚的人，但为了你，我可以，我真的可以。所以，当我想了1314招之后，有了答案。然而在4月16日之前，我只能保持沉默。这种有事不能说的感觉好比有痒不能抓，把我变成热锅上的蚂蚁，燥热难耐。

2007年5月5日

带着阳光和青草香味的校园恩情

PART 1 丫溪，嫁给我吧

丫溪说

关于"求婚",我相信所有女人都有一种情节。

这种情节不一定是开得灿烂的玫瑰,闪耀全场的钻戒,但没有女人不期待"罗先生"和"蒂先生",没有女人不在等待最后的单膝跪地和一句"你愿意嫁给我吗"。

我也有期待,我曾经在脑子里设想过无数次求婚场景,无论它是隆重、轰动、浪漫、热情,我都一直坚信,我那聪明、时髦、恶搞、犯贱、事BB的马诗歌绝对会张罗一场精彩演出。

其实,这场演出已经演过一次……2008年某个夏日的下班晚高峰,人山人海的北京地铁1号线里,哥们突然抛出一句"我觉得,咱今年8月8号领证去吧,北京奥运会开幕式,有纪念意义",这突如其来的求婚杀了我一个措手不及,没有鲜花、钻戒、单膝跪地不要紧,但我不能让求婚记忆和臭烘烘的地铁车厢联系在一起,于是以"想都别想"果断拒绝。从此,三年来,求婚这事不再被提及……

直到2011年4月16日,东方先锋剧场《爱无能》话剧后,我的马诗歌才真正意义上为我加演了一场戏。关于这场戏:演员阵容强大,线索清晰,动情点丰富,道具充沛,我真的好满意。现在回忆起当天的情形,我还是小心脏砰砰直跳,看你求婚的片子,还是会看一次哭一次。

所以,我想我一辈子都会记得,被求婚,这件浪漫的大事。

马诗歌的求婚现场延续了求婚视频中"史上最牛亲友团"的豪华阵容,极其用心、极其精彩,为这场划时代的求婚大作战画上了完美的句号。

该用什么表达爱,我的天使

看着那么一点大的你长成现在的模样,看着那么小的手现在却可以握紧我的手到处跑,那么小的人现在却可以抱我背我,带着我吃饭、上课、旅游。

其实我是个老实人,拈花不惹草,花花肠子也很少(可能也就十二指肠那里花一点儿),所以我从来不主张形式大于内容的爱情,内心也抵触徒有其表的示爱方式。所以我总是含蓄地提醒你不要看重排场,要什么宝马?要什么在豪车里哭泣的"感脚"?!大学生好不好,80后成不成,底气不要太足了,谁怕谁对不对,真心实意才是最重要的有木有。但学者苏珊·朗格认为:有意味的形式才是艺术。也就是说唱红歌本身不叫艺术,唱出形式唱出特色才是艺术。比如《一支唱给哥听的山歌》可以是民歌范儿、摇滚范儿、咬字不清范儿,也可以是海菜腔、绵羊腔、一树梨花压来压去腔,等等。总之在不亵渎歌曲神圣内容的基础上,要包装才能打动人心。尤其是面对超过22岁的自封型文艺女青年,最难伺候了。说一本正经马褂长袍很迂腐,又说斜上方45度吐舌自拍很恶俗。那么究竟什么算阳春白雪什么算下里巴人?

看电影《恋恋笔记本》(The Notebook)的时候,丫溪流泪了,看着年迈的主人公,面对失忆的妻子,翻起那泛黄的厚厚本子,读起写满记忆的文字,那种流淌的隽永冲开了人的泪堤。生活是情感的起始和归宿,那些带着历史气息、在生活中一点一点积累起来的小细节小片段,才是爱情最诗意的化身。心灵中最坚强的防御,在真诚面前,也都成了马其诺防线——形同虚设。

2006年生日那天和丫溪约会结束回到宿舍,直接亮瞎我的12K金火

马晓20岁的生日愿望"只希望以后的每一个生日都能和丫溪一起过"

眼——桌上居然有蛋糕!要知道,俺们宿舍的优良传统历来是用酒和串儿来治疗各种疑难杂症:挂科了,喝;进球了,喝;吵架了,喝;肚子疼,喝……我们坚信只要能喝,狗嘴也能吐象牙,所以四年间喝出了毕业旅行,喝出了优秀班级集体。所以几位爷相互之间即使山无棱天地合也不可能干出互送蛋糕这种"基情四射"的举动。那就只能是师妹送的了。我总觉得当哥的没那么优秀,对你们照顾也不周,相处时间也不长,相互了解也不够深入,没有必要啊……

"别发呆了,你媳妇送的。"舍友老毛盯着《魔兽世界》(一款著名网络游戏)里的龙,手指飞快地摧残着键盘,"叫我不要告诉你。"好嘛恋爱都谈一年了跟哥玩惊喜,我发现蛋糕周围还有一堆卡片,打开之后,我惊呆了。

开篇有张纸条,竟然是我妈的亲笔字迹:

呵呵,小丫溪你好啊!

照片已备好,由于年代久的关系,很多底片暂时无法清理,真是感到很抱歉啊!只好用数码相机翻拍了极小部分,效果可能差些,但是非常有意思呐。希望你能满意,也希望有机会让你亲自欣赏原版其乐无穷……

　　祝好!

叔叔阿姨
2006-3-17

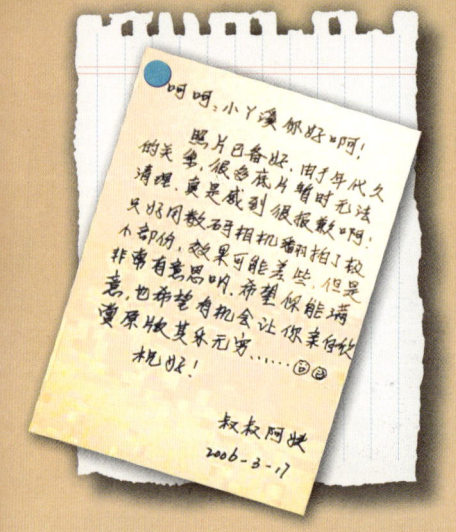

看到这里,我心里一惊——要出大事!

果然,第1张卡片左边是我婴儿时期的照片,被剪成了漂亮的形状,右边丫溪的字迹写着:

"在1986年4月8日下午5点20分,在云南省第一人民医院,左边那个可爱的小朋友就来了,亲爱的,生日快乐。"

　　第2张:100天的我。

"不知不觉,可爱的你就有100天了,成了一个大婴儿了,可以跟着爸爸妈妈去上班了,进入了云南毛巾床单厂幼儿园,接触别的小朋友了!亲爱的,生日快乐。"

　　第3张:半岁时的我。

"小傻瓜特别傻地咬着手指和两个小哥哥合影——只是那时候你知道什么叫"动物园"吗?亲爱的,生日快乐。"

第4张：1岁时的我。

"这张照片我是最喜欢的，没想到原来是你一岁的时候啊，不就是周岁了吗？也不用笑得那么欢吧？亲爱的，生日快乐。"

第5张：2岁时的我。

"小笨蛋在2岁的时候傻乎乎地玩沙子，不要老苦着脸。亲爱的，生日快乐。"

第6张：3岁时的我。

"在三岁的时候，你终于和'他'有了美丽的'遇见'——无数个夜晚你和他同床共枕，你亲吻抚摸过他无数次，他是你一生的挚爱，他就是——变形金刚。亲爱的，生日快乐。"

第7张：幼儿园时的我。

"这个又傻又笨，呆头呆脑，头上点个口红印的丑小鸭是谁？亲爱的，生日快乐。"

第8张：4岁时的我。

"小屁点样的还喜欢上游乐场啊，4岁就去游乐场的人为什么现在连海盗船都不敢坐？亲爱的，生日快乐。"

第9张：5岁时的我。

"小乖乖戴个帽子的样子怎么那么傻啊，摆pose你也不会啊，弄一个这样的造型真够丑的，哈哈。亲爱的，生日快乐。"

第10张：6岁时的我。

"亲爱的，这个可爱的你是你在6岁4个月的时候。在今天你就通过了小学的面试了，从此要开始你的学生生涯了。你要认识很多的同学朋友了，你要面对一大堆的作业、考试，你要加油！加油！亲爱的，生日快乐。"

第11张：10岁时的我。

"没想到你去过的地方还挺多的啊，10岁的时候就去了海南啊，比我早了2年，我是12岁去的，你说你要是晚去两年多好，说不定我们会在海南有一段'美丽的邂逅'。亲爱的，生日快乐。"

第12张：13岁的我。

"13岁的你去了桂林，拿相机的样子好专业啊，很酷，那么点大的人就喜欢摄影了吗？亲爱的，生日快乐。"

第13张：13岁的我。

"13的时候，我家的小尾巴成为了一名光荣的初中生了，从此以后更要好好学习，天天向上，好好的喜欢女孩子啊！亲爱的，生日快乐。"

第14张：15岁的我。

"15岁的你总算是长成现在的模样了，以后三年的高中生活你会过得异常精彩，你会拥有一大帮一辈子的朋友，幸福的傻瓜，你要好好地珍惜。亲爱的，生日快乐。"

第15张：

"原来的小朋友长成大朋友了，成为了高中生，还有，爱上隔壁班的女孩子了。亲爱的，生日快乐。"

第16张：拿到大学录取通知书。

"很快，高中三年就过去了，恭喜你，可以到北广上学了，可以千里迢迢的去遇见我了，再过几个月你就要见到我了，现在的你，如果可以感知到以后要发生的一切，会不会有点激动和紧张呢？要一个人学习、生活、承担一切的压力与责任。宝贝，你对未来的生活会不会觉得害怕呢？没有关系的，我很快就来到你的身边，作为你的守护神来到你的身边，保护你，关心你，爱你，照顾你。亲爱的，生日快乐。"

第17张：和广播台节目组的合影。

"18岁，你告别父母、告别朋友、告别了熟悉的环境，一个人来到了北京，但宝贝你别害怕，你有我们，你有广播台一群贴心的朋友、伙伴。宝贝你要加油，在广播台好好地发挥你的能力才华，你属于这里，这里也属于你。感谢广播台，给了你事业，也给了你爱情。亲爱的，生日快乐。"

第18张：我俩的合影。

"于千万人之中遇见你所遇见的。在千千万万年之中,时间无涯的荒野里,没有早一步,也没有晚一步,刚巧赶上,却也无可奈何。唯有轻轻地问一声:哦,你也在这里吗?"

"一个从长沙,一个从昆明,怀着各自的梦想与期待来到北京,来到北广,来到广播台。也许就是冥冥中换得这次的擦肩而过吧。亲爱的,生日快乐。"

第19张:

亲爱的,生日快乐。

第20张: 一封长信。

我亲爱的宝贝:

今天是你二十岁的生日。首先要祝你生日快乐。二十岁在我看来是人生很重要的一个转折,可以陪你一起走过,很开心。因此很想亲手来做一份礼物给你,希望你可以记得,自己的二十岁,曾是有这样的一个我陪你度过。

能写完这二十张卡,真的要感谢你亲爱的爸爸妈妈,他们很支持我的想法,帮我挑选照片,写上注释,特快专递给我,感动死我了。真的,我不仅爱你,更爱他们——你们真是最可爱的人!

为你写了二十张卡片,二十句"亲爱的生日快乐"。是为了补过去亏欠你的十八次!(19岁的时候我应该和你说了的吧?)看着你从小到大的各种样子,见证我爱的人一路成长,是一件很奇妙很幸福的事情。看着那么一点大的你长成现在的模样,看着那么小的手现在却可以握紧我的手到处跑,那么小的人现在却可以抱我背我,带着我吃饭、上课、旅游。细细的感受会有些觉得不可思议,也会有些许感动——真的要感谢你的父母,给世界这样的一个你,要感谢他们细心的关怀与照顾,让你可以健康快乐地成长到二十岁,来到我的身边。

只想,三十岁、四十岁……还可以陪你度过
亲爱的,生日快乐
我爱你

06.4.8 12:00pm

我记不清楚看到第几张卡片的时候眼泪忍不住地流了下来,也不知道什么时候开始泣不成声。20张卡片,20句"亲爱的,生日快乐"强烈地撞击着我的心灵,把我心中那份感动掰开了揉碎了嚼烂了煮透了。小时候听大人说,男儿泪中有黄金。我曾经非常困惑,直到成年流过几次泪才发现,泪中黄金不过是儿戏,哭是哭不出辆玛莎拉蒂的,但是泪会让男人改变和成长,会下定决心,会铭记终身。有一个人,她愿意了解你的过去,阅读你的成长,从你呱呱坠地到落落大方,她高兴而充满期待,微笑着游历你的世界,感叹没能在你的生命中更早一些留下痕迹,庆幸你在人生重要关口没有做出别的选择,她怕不能像现在这样于千万人中与你相识相知。这个人是天使,在对的时间出现,和你牵手一生一世。只想一辈子都可以陪你度过,亲爱的,我爱你。

有权享受惊喜

在从恋爱到婚姻的蜕变中,求婚就是那个临界点。

马诗歌说

如果问我恋爱三大场面表白、求婚和结婚,最看重哪一个?毫无疑问,是求婚。在两人的恋爱过程中,一次意料之外的喜悦往往会给人十分强烈的冲击,情不自禁、喜极而泣、铭记终身。可惜爱情的仪式中表白并非总有惊喜,因为表白有时是砸出金花四溅的铁锤,有时是那堵传说中的南墙,有的人还没撞呢,发现走不通就回头了,无惊无喜;有的人撞上了碰一鼻子灰,转头了,有惊无喜;最惨的撞一遍不够还撞好几次直到头破血流,很悲壮。结婚也不够惊喜,时间地点人物,起因经过结果,大家烂熟于心,只能在辞藻、长度、修辞手法上玩点花样,还要识大体顾大局照顾绝大多数人的感受,忍受别扭的司仪主持,迁就从未见过的远房亲戚,很端庄,也很束缚。怎么办?求婚吧。

冰冻三尺非一日之寒,马诗歌平时也注重练习如何营造浪漫。2007年5月22日,他们的纪念日,马诗歌为丫溪准备的小惊喜

在从恋爱到婚姻的蜕变中,求婚就是那个临界点。就好像看上一本喜欢的书,你最终是要给个准信儿:"要",还是"不要",如果你觉得"这是一个问题",sorry,你可以一边儿数鸭子去了。这是男人对婚姻必须表的态(哪怕不是主动表的),昭示着男人从恋爱走向婚姻的决心。好了,决心在哪里?在惊喜那里!惊喜面前,人人平等。每个女孩都有享受惊喜的权利,每个男孩也有制造惊喜的义务。跟花钱多少无关,而是跟付出的时间和精力有关。当你爱的人突然发现原来她爱的你在为她精心策划默默付出的时候,她就是世界上最幸福的那一个,独一无二。

亲,我们可以裸婚,但不可以不求婚;可以不花钱,但不可以不花心思;可以内向腼腆,但不可以不给未来的媳妇儿一个难忘的表态。加油。

丫溪说

在"求婚视频"事件后,我发现马诗歌的形象顿时拔地而起,在广大网友眼中瞬时间成为了"务实务虚两手抓,生活情趣都不落"的浪漫靠谱好青年。

你要问我:"他浪漫吗?"我答:

马诗歌很努力的用肢体传递爱的信息,但请问谁能看出那是L.O.V.E?

PART 1 丫溪,嫁给我吧

"YES！"

可你要问我："他靠谱吗？"我不得不说："NO……"

马诗歌的浪漫都是不靠谱、不着调的浪漫。

他会在跟你视频聊天时，突然甩出一根夸张、恶俗、明显不是你的菜的大项链，兴奋地说是偷偷为你买的生日礼物，你只能强颜欢笑。

他会一时兴起给你买一个丑娃娃，还偷偷交给你的室友转送于你，所以当你原本以为是朋友送的礼物不好退却，在向他抱怨娃娃有多丑之后却发现那是他的心意时，你只能默默不语。

他会在某个六一儿童节的半夜，在你宿舍熄灯在你入眠后，喝得醉醺醺地给你打电话，你只能从被窝里爬起，素颜、睡衣、下楼，发现他晕晕乎乎站在宿舍门口，手里捧着一个点着蜡烛的小小蛋糕，大喊着"六一儿童节快乐"，你只能哭笑不得。

他会在暑假的某个早晨Morning Call把你吵醒，让你去邮局取包裹，最后发现取回的是一人多高的大熊玩偶，当你冒着长沙夏日40摄氏度的炎炎烈日，步行1.7公里把毛绒大熊背回家时，你只能有苦难言。

与"一人高"的大熊合影，毛绒玩具看来总能奏效

  他会记得在情人节给你买巧克力,然后托人塞进你宿舍的被窝,在熄灯后伸手不见五指的宿舍里,当你正准备就寝入眠,当你刚躺上床发现被不明物体刺痛后,当你以迅雷不及掩耳盗铃之势从床上跳起,并用穿透整栋宿舍大楼的嗓音大喊"救命⋯⋯"后,却发现手捧的是盒费列罗,你只能惊慌失措。

  他会在你看话剧看得好好的,已经准备收拾包袱回家睡觉时,突然在剧场内给你放个片,捧束花,求个婚,还带着一群好友上台给你送祝福时,你只能泪流满面。

  马诗歌的浪漫都是不憋你半口气吓你半条命誓不罢休的浪漫,但也是最得我心、最懂我意的浪漫,是我最感动、最珍惜的浪漫。

Dear 马诗歌

革命尚未成功,同志仍需努力

这样的小浪漫、小惊喜、小甜蜜望你好好坚持

加油哦,亲!♥

星星之火点燃小宇宙

我有三场战役要打,和视频的收集与制作打闪电战,和求婚仪式的筹备打阵地战,和丫溪打游击战。

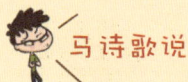
马诗歌说

要亲手制作一份既能给人胸口碎大石般震撼、又要比钻石还要恒久远的礼物,看来还是得用自己擅长的手段把真情实感装进去。

曾经看过一组照片,说一个男孩儿为了去追一个女孩儿,持续不断每天为女孩准备一张和五角星主题有关的照片,直到第100天的时候,他成功了。我深深被那100张照片所打动,这种用时间和自己的努力浇灌出来的成果,是比真金白银买来的实物情感更加充沛和饱满。我想,应该发动和串通我和丫溪的朋友,每人告诉丫溪一个嫁给我的理由,悄悄收集100段亲友祝福,当她看到身边所有的朋友都站在我一边,鼓动她嫁给我的时候,她还有拒绝的理由吗?可行性也比较强,花钱不多,而且我还在学校读书,中学、大学、研究生同学加一块儿,难道还凑不齐100个人吗?所以我决定了,要下一盘大棋,等我集齐的那天,就向丫溪求婚。

春节的时候我把设备带回了老家。我一开始就明确了拍摄方案:一定是直面镜头,一定是说给丫溪听,一定要说"嫁给他吧",剩下的风格不限,自由发挥。这是我收集家人和中学同学祝福的唯一机会了。所以抓住所有同学聚会的机会,开启了我的计划。地点就不那么讲究了,大多数云南朋友的拍摄地点集中在了餐桌上、洗澡堂、大街边和各家中。拍完后朋友们都很期待啥时候能公映,我说反正离6月份毕业还早着呢,慢慢来吧。

4月初和本科同学们的相聚彻底扰乱了我松散的步伐。那是一次非常愉快的休闲聚会，一行10多人去澡堂再续校园时的无忧时光。我非常意外地收获了后来被很多人津津乐道的央视绝不敢播出的"限制级"镜头。房间里，外号"老娘"的生猛女同学和她的老公正在喝着冰水，我把机器打开，说："来吧，说点儿啥。"老娘拉着老公噌地往床上一坐，被子一盖，衣服一扯，对着镜头道："警察叔叔我们真的是有结婚证的……"没有排练，没有NG，一遍就过，极有广院大龄文艺女青年的风范。奠定了口味和尺度后，大家的积极性显然更高涨了。女生纷纷露出大腿，男生也都敞开胸怀，大家七嘴八舌，一个个惊人的烙印着80后绝不刻板、敢想敢做的创意呈现在画面中。我突然发现这是一件多么有趣的事情！

　　拍完之后，女班长樱桃转转出了一个革命性的主意：去话剧场，完成最后的临门一脚。一算时间，最后一场演出时间离现在不到半个月，按现在的拍摄方式，能集齐100人吗？

　　接下来几天进入全面战备状态，我有三场战役要打，和视频的收集与制作打闪电战，和求婚仪式的筹备打阵地战，和丫溪打游击战。我在忙乱之中秘密地给朋友们发出邀请，让大家参与到我这盘更大的棋局中。大网撒开，视频陆续从南宁、成都、长沙、厦门、银川、香港甚至巴黎传回。每次打开视频就像打开一个精美的礼物盒子，神秘又期待。老汪开始深情叙述我的初恋状态，冬冬开始了她的恋爱讲座，先哥小xin玩起了诗词歌赋，欧阳在白纸上夸张地集合了我的优点，飘雪拿自己老公开涮，小四咆哮式夸赞，拉拉带着他们的足球队来了，雷老师在教室里组织学生们投票……那些充满了地域色彩和生活特征的画面在我眼前一个个绽放，我感动万分，简直觉得自己成了世界上最幸福的人。随着视频越来越多，我心里也越来越激动，但，仍有一扇门，我内心忐忑，一直没有胆量触碰。

　　应该说，和丫溪爸妈的相处并非难事，感情稳定的这几年，我几乎每年都会到长沙去拜访游玩，相处过程非常愉快。但自己越过丫溪直接和未来的岳父岳母说要娶他们的女儿还要求他们策动女儿嫁给我，内心多少还是有些忐忑。电话拿起，放下，又再拿起，鼓起勇气提出了我的请求。丫溪爸爸笑了，感觉是在聊一个很轻松的话题，有点让我出乎意料。他们并没有问我"你会不会一辈子对她好"这类俗套的话，而是真诚地告诉我，他们看好我，觉得我能够给丫溪带来幸福。长辈的态度不是疑问句，而是肯定句，这种认可和嘱托让我非常感激，同时也感觉自己肩上的责任沉甸甸的，绝不能辜负长辈的嘱托啊！

不过丫溪妈妈还是忍不住抛出了一个让我瞬间石化的问题：要是丫溪不答应你你准备怎么办？这……这这这这……好吧，要真是那样我还真不知道怎么办，因为我根本没有输的准备。我只是单纯的以为，宝刀不出鞘、出鞘必见血，您这都跟我一伙儿了，还有不成的可能？这个历时三个月筹备完成的神器出炉，终于来到用它打开婚姻之门的时候了！

在中国传媒大学混了七年的"老生"，我们学过一种语言叫"视听语言"，我们懂得一门技巧叫"蒙太奇"。作为未来媒体行业工作者，老师教育我们要用你的作品服务人民、奉献社会，但首先要做的是打动人、教育人，这点马诗歌做得不错。

用视频讲故事，马诗歌这不可是第一次，据我所知，老马同志用视频在大学生涯中完成了三件大事：

第一，用视频推开友谊之门。

马诗歌本科时狗屎运地被选为班长，并立志要当一个为班级服务、群众拥护的好班长，于是他想了一个招，每年都为04级新闻班的同学们做一个视频，内容很简单，无外乎是各位同学的访谈加上照片配上音乐，但主题却大不同，从大一的"我的青春这一年"、大二的"我的收获这一年"，大三"我的成长这一年"，大四"我的青春这四年"，马诗歌用视频记录了全班同学的成长故事和蜕变经过，马班长，你真牛！

第二，用视频撬开恋爱之门。

故事是这样的，在我和马诗歌刚刚确定恋爱关系时候，哥们为了稳固基础，深化感激，在2005年8月11日，在我的生日为我献上了一份礼物——视频。内容是煽情音乐配上我们在一起三个月的照片大集锦，虽然很朴素不花哨，但在我看来确是一份最珍贵的大礼。

第三，用视频打开婚姻之门。

关于马诗歌会如何求婚，我曾经有过无数种猜测和幻想，但我没想到马诗歌这次还是用了自己的老版杀手锏——"视频"。感动我的是他不辞辛劳地从祖国的大江南北收集祝福，是他记住了我的喜好选了我爱的歌当背景音乐，是他多少个日日夜夜为了不让我知道等我睡觉后跑到朋友家熬夜剪辑。这份心，足矣。

看过马诗歌视频作品的人大概都能知道，他不是一个视频达人，他的视频作品没有高难度的拍摄内容，没有高要求的后期包装，但他的作品却真正做到了打动人、感染人。

绝密的求婚攻略

自己导演的视频已经在屏幕上缓缓播放,我站在幕后,猜想着未来新娘的表情和反应,那是我人生中无比幸福的时刻。

马诗歌说

计划是这样的,引诱丫溪去看4月16日在北京东方先锋剧场上演的话剧《爱无能》,在话剧结束后播放事先准备好的求婚视频,以视频结束作为冲锋信号,暗藏在剧场门口的亲友团一拥而上,本人隆重登场,鲜花戒指送上,快刀斩乱麻,拿下。

很多人问我怎么搞定话剧场的?放心绝不是用钱砸的。其实我压根儿没想到搞那么高调。在此引入一号人物樱桃转转,坏就坏在这位半只脚踩在娱乐圈里的京城名记者路子太广,牵线搭桥让我认识了优秀的话剧团队三拓旗,他们开启了"用身体表达爱"的话剧艺术表现形式,剧目幽默感十足,视听冲击力极强,深受年轻人的喜爱,代表剧目《达人未爱狂想曲》、《东游记》、《爱无能》等(人家免费帮了这么大忙,请允许我在此说几句真心感受)。人家经常经历在话剧结束后的求婚,听完我的诉求后欣然接受表示愿意帮忙。看来真情很多时候的确是年轻人之间的通行证。但问题是,话剧这种事,买今天的票可以,买明天的票也可以,那时丫溪正处在为工作忙碌不休的时候,为什么一定要在指定的一天去看话剧呢?

为了保证求婚时女主角在场,就必须要给她一个强大到下沙下冰雹也不可推脱的理由。在此引入二号人物:我爸妈。碰巧在京出差的他们成了"赤壁之战"那个可遇不可求的"东

风"，和未来的公公婆婆一起参与文化活动，这事儿太重要了，丫溪你好意思说不去？他们的任务就是保守秘密，按时出现在话剧场。可是，看话剧这事儿不能由我跟丫溪说，以她侦探般的第六感，很容易怀疑我背后有动作，更不可能是我爸妈，那么，该由谁向丫溪发出邀请呢？

在此引入三号人物果果夫妇，他们是丫溪的好朋友，扮演诱饵的角色。任务是，将我已经编造好的可信合理的理由——多出4张话剧票，正好合适我们一家人去观看——准确传递给丫溪，并让丫溪主动邀请我和我爸妈一同前往。并在现场引导她的行为走向。到此，看话剧这个前提成立了，但等我进一步勘察剧场条件的时候，难题出现了。

剧场里是没有投影的，也就是说这段耗时三个月，动员几十人完成的短片没法在现场放。这种美人鱼看到王子后却发现自己说不出话的感觉太难受了。怎么办？有条件要放，没有条件制造条件也要放。在此引入四号人物小xin。他的任务是想办法搞个投影，而且这投影流明小了还不行，当天还要提前抢占最佳架设位置，确保在指定的时机将影片播出。当投影终于在彩排的当天晚上及时到位时，我终于舒了一口气。此时，20多人组成的现场亲友团也决定当天晚上现场力挺我。高兴之余，又有个问题出现了，庞大的亲友团谁来组织呢？

协调20多人统一行动可不是一件容易事，人得集合在一起不能走丢吧？手里得拿点儿什么上舞台吧？在此引入五号人物老田。他的任务是现场督导，在不让丫溪发现的前提下组织大家有序地完成任务。专业人士就是专业，这位在大型晚会中挥斥方遒的导演还分发了一份自制攻略。就快成功

了，我还面临一个重要的抉择。

送一个什么样的戒指最合适呢？我对戒指毫无概念，又不能问丫溪喜欢什么样的。好在模糊的印象里听她说过喜欢"指圈"（之前一直以为是特殊的纸做的，想必也就几百块，为此还曾暗喜说这媳妇也太懂事了就知道为老公省钱）。在此引入六号人物晴格格。她负责挑选准备戒指，在我准备单膝跪地前准确递到我手上。晴格格在柜台转悠了几圈后给我打来电话：带钻和不带钻的，要哪种？我第一反应是问相差多少钱，"带钻的10,000，不带的6,000。"我然后问求婚的时候带钻好还是不带钻好。"当然是带钻了，钻石恒久远。"于是我陷入五秒的沉思，这当中迅速回味了六年中的喜怒哀乐，一想感情都到这份儿上了，咬咬牙，"来个

不带钻的!"

好了,各就各位,预备,走着。

过程是曲折的,此处省略520字,结局是团结的、圆满的、胜利的。此时,自己导演的视频已经在屏幕上缓缓播放,我站在幕后,猜想着未来新娘的表情和反应,那是我人生中无比幸福的时刻,如果你问我接下来要和那位哭花了脸的新娘说些什么,很抱歉,我不知道,我想我已经乱了阵脚、丢了逻辑,我只是希望:

亲爱的,这样的场景在我的人生中,有,且只有一次!

丫溪说

马诗歌的朋友们在求婚现场共拿了26条标语,男女生各拿一个系列,排名不分先后。

男生:给她关怀、给她幸福、给她安全、给她温暖、给她惊喜、给她鼓励、给她理解、给她保障、给她高潮、给她快乐、给她浪漫、给她呵护、给她健康

女生:让他努力、让他闯荡、让他打扫、让他清洁、让他洗衣、让他付账、让他买单、让他赚钱、让他还贷、让他带孩、让他服侍、让他糊口、让他养家

"被求婚者"的12小时绝地反转

直到全场认识不认识的人都在喊着"丫溪,嫁给他"那一刻时,全部的悲催烟消云散,我傻X了,我泪崩了。

 丫溪说

不知道在微博的哪个犄角旮旯中看到过这样一句话:一件事情坏到头的时候就是一件好事的开始。之前对所谓"黑暗后就是黎明"之类的标语毫无感觉,直到2011年4月16日,我25岁人生中最好日子的来临,我,一个蒙在鼓里的"被求婚者"才体会到什么叫绝地反转。

对我而言,4月是躁动的、不安分的、动荡的、疲劳的一个月——毕业论文未完成,最终工作不靠谱,实习项目要人命,男友感情不稳定。

咱们往前倒数半个月:

4月1日,当我每天只睡4个小时,为硕士毕业论文通宵熬夜的时候,马诗歌居然抛下媳妇不顾论文带着一票好友奔赴天津2日游,为这事我怒气冲天!(事后得知是组织大家去天津拍求婚视频了)

4月6日,当我每天在家垂头丧气,感觉工作、户口、理想啥啥没着落,啥啥不靠谱的时候,马诗歌居然每日外出鬼混、夜不归宿,为这事我河东狮吼!(事后得知是去朋友家做求婚视频最后的剪辑工作)

4月13日,当我临时受命赶赴西安出差,两天内走软了腿看遍西安全部艺术团

因为有了你们,最强大的亲友团,才会让我们体会到什么叫做"绝地反转"

体,坐车10小时往返延安看演出场地,最后经历5小时的飞机晚点终于在16日凌晨顶着硕大的眼袋回到北京时,马诗歌看见我没有关心,没有问候,第一句话居然是"晚上得去看《爱无能》啊",为这事我叫苦连天!(事后得知马诗歌要在话剧结束后进行求婚活动)

  4月16日,当我为了顾及朋友赠票的一番好意,为了不浇灭马诗歌对话剧的一番热情,我在开完会、加完班、穿着球鞋、运动衫,顶着鸡窝头和一张被会议摧残的素颜脸走进了东方先锋剧场,当我咬着牙、忍着困坚持到话剧最后,当导演说"请各位观众留步,今天有重要时刻跟大家分享",我还傻乎乎地跟旁边朋友说"该不会有人要求婚吧",直到屏幕上出现一张张我熟悉的脸,直到好朋友拿着横幅陆续上场,直到马诗歌捧着玫瑰说"亲爱的,下来吧",直到全场认识不认识的人都在喊着"丫溪,嫁给他"那一刻时,全部的悲催烟消云散,我傻X了,我泪飚了……

  我想说,真的要感谢好多人。谢谢所有为我录制小片的同志们,不管你们是出镜还是没出镜,不管你们的话是被保留还是被剪掉,我都会深深地记在心里。谢谢田宇,谢谢你作为马诗歌最强有力的支持者,帮着看场地、剪小片、组织群众,你的求婚流程我看了,很细心;谢谢葛丹丹,没有你的提醒和帮助，不可能让我有一场剧场式的求婚；谢谢何鑫，我知道是你不辞辛劳，贴着面子帮我协调了投影；谢谢没有出境的史鉴，是你带着三机位去我家拍我爸妈，是你一遍遍纠正了我爹"领导式"的发言，是因为你成熟的编导技巧才让我爹的讲话成为了全片最重磅的催泪点；谢谢杨怡静，欺上瞒下的促成了整件事情；谢谢李翔，你那忽闪忽闪的字幕好催情；谢谢老娘，你和你老公的半裸出镜让我泪中带笑；谢谢胡雪，不是你微博直播，我绝不会被@到爆；谢谢04新闻、04文编、08文艺、08策划各位倾情参与的同志们，我爱你们。

在微博上看见一个朋友的留言："如果说我们这代人还有一丝信仰，我相信那是爱情。"

同志们，不管现在的你在苦于什么，烦恼什么，纠结什么，请一定相信黑暗后不仅仅是黎明，而是阳光灿烂。2011年，幸福起来！

该用青春去折腾——马诗歌求婚项目主管的工作心得

马诗歌和求婚项目主管田宇

折腾自己，折腾别人，折腾出梨花带雨，折腾出笑靥如花，为别人折腾自己，为自己折腾自己，为折腾折腾自己！

当得知马诗歌要暗度陈仓又大张旗鼓求婚的时候，我兴奋了，作为你们爱情的旁观者和双重同学身份，我是多么希望你们能甜蜜圆满地走进婚姻的殿堂，执子之手，互诉衷肠~可没想到，事情闹大了……众人皆知不说，关键惹得众生羡慕啊，而且搞得我们这些男人们都摩拳擦掌，开始规划着自己的求婚场景，但更多的是压力，一直想模仿，很难去超越呀！

事情闹大之后呢，往往就会产生一些民间传言，如二人的恋爱史，各自的青春史，还有那帮在视频中五花八门的朋友史……我平生其实最不爱八卦，但有些事情我怕不说的话后人就没有途径再去了解了，所以在这里我就说一些你们不知道的事~

从接手马诗歌的求婚主管一职开始，我便开始了为期一周的折腾岁月，提前五天买好话剧票，提前四天收集视频粗剪，提前三天定做求婚小横幅，提前两天搞定现场投影设备，提前一天去现场彩排，每一天我都带着兴奋和期待，直到最后一天开始紧张地布置最后的无缝衔接求婚真人秀~

话剧开演前两小时，摄影机和投影仪就已就位，无奈的是投影仪目标过于明显，需要遮挡一下才能不让丫溪起疑心，可这样至少要占去六个座位，而我们当时只有六张票，其中还包括马诗歌和丫溪的两张……没想到啊没想到，听闻此次求婚盛举、并和男女主人公有着千丝万缕的朋友们救了场，大家义无反顾地自掏腰包买了话剧票前来观摩，朋友的上司、朋友的老公，还

有朋友的朋友的男朋友，现场出现了前所未有的熟人相见认领场景，大家谈笑风生，都对即将上演的求婚表示出了极大的期待，很快几个座位坐满了，但男女主人公却迟迟未到。话剧按时开演，我们几个工作人员躲在音响操纵室内，不知不觉都入了戏，突然，玻璃正前方出现了两个熟悉的身影，马诗歌带着丫溪出现了，几乎是瞬间我们几个人都躲进了黑暗的角落，男女主人公与我擦肩而过，我屏住呼吸，生怕前功尽弃，多日心血毁于一旦，看着他们落座，我匆匆跑出了剧场，等待即将到来的那些充满热情的亲友团。

　　剧场内是毫不掩饰的嬉笑怒骂，剧场外则是小心翼翼的人声鼎沸，那些我平日里再熟悉不过的朋友，还有素未谋面只通过电话和邮件联系的陌生朋友，紧紧围绕在我的周围，此时此刻我感到了身上的重任，还有莫名的狂喜，一边给大家发喜糖，一边给大家开说排会，讲解求婚流程和每个人的分工，我们仿佛成了一个团队，每个人都聚精会神，当然由于大家太激动，来得都有点早，于是布置完任务后大家开始了叙旧，其实这帮朋友很多都几年没见过了，真是一个难得的重逢机会。

最后到底发生了什么,你们也都看到了,顺利牵手,求婚成功,开心合影,共襄盛举。我曾考虑过该给自己的青春留下点什么,伤或痛,笑或泪,分或合,聚或散,但我现在觉得重要的不是给青春留下什么,而是用什么方式去度过青春,关键词就是——折腾!折腾自己,折腾别人,折腾出梨花带雨,折腾出笑靥如花,为别人折腾自己,为自己折腾自己,为折腾折腾自己!

最后,祝愿这对同是火象星座的恋人折腾出精神,折腾出风采,折腾出中国,折腾向世界~

在此特附一份求婚当日手写版现场攻略,供喜欢折腾的年轻人参考。

——马诗歌求婚项目主管　田宇

求婚现场攻略

为了方便大家更好地参与到马骁的求婚仪式中,特制定以下流程,由于时间紧迫,请大家自觉主动地推进流程内容,共同完成这一盛举。

时间:2011年4月16日晚9点05分左右(话剧结束)正式开始

地点:北京市东城区东方先锋剧场(地铁一号线东单站下车,东方新天地东门往北200米即到)

流程:
1. 话剧《爱无能》在7点30分开始,请大家在8点40分之前到剧场

四楼等候（三楼是入口，和厕所联通，在四楼集合是为了防止丫溪中途上厕所穿帮），到场的人员会有马骁的各领域朋友，接头暗号为"早生贵子"。田宇8：30会到门口组织大家，并给大家派发道具。视频开始播放前请全程保密！

  2. 9点05分话剧结束，小xin开始放视频，视频播放当中大家从两侧入口走到台上，男生一排站上台口一侧，女生一排站下台口一侧。

  3. 视频结束，马骁捧花和戒指上台，大家鼓掌欢呼，手中举起道具，配合音乐节奏，高喊"丫溪"的名字，并由果果将丫溪领上台。

  4. 马骁求婚，送戒指、送花，大家拭目以待，求婚成功，打礼花，观众掌声不断，欢呼不停。

  5. 如果，万一……没有如果！

兄弟、弟妹，听哥说句心里话——求婚亲友团代表的内心独白

马诗歌要是欺负你，我们帮你出头，可是我们都相信，他是会好好对你的，我们其实不会有出手的机会。

不知道为什么，看完马诗歌的求婚视频以后，我脑子里浮现出很久没有听过的陶喆的歌《爱很简单》，于是我翻出这首歌，单曲循环。脑子里飘过无数过往的画面，我真的很怀念过去在广院的日子，因为有你们这些至交的人。

一转眼，马诗歌这个搞什么都很火星的人，已经成长为独当一面的靠谱男了，而你们也众望所归的即将开始合法同居。真的很可惜，见证了你们一路走来，在这么重要的场合却没有办法出席，答应丫溪会补上，我们就一定会补上。

我们和亲友团代表王博

丫溪，总体上说来，马诗歌还是很值得托付终身的，偶尔的插曲也是被崔金带坏的，但是由于崔金的反面教材作用，我相信马诗歌已经非常引以为戒了。你们的很多故事已经在我们圈子里面广为流传，无论是谁添油加醋的，还是我们亲眼所见的，都为你们的今天积淀了坚实的路。虽然我们都说，马诗歌要是欺负你，我们帮你出头，可是我们都相信，他是会好好对你的，我们其实不会有出手的机会。

马诗歌，丫溪是很不错的，算你蒙到了，也算你命中注定的一帆风顺。以前我和猴子探讨过，一般人谈恋爱都得谈几次，才能找到对的人。你丫一次命中，是运气也好、缘分也罢，总之是很幸运的。我大三的时候有过一个感觉，单从看得见的条件上来看，我们几个人的女朋友其实都可以找到更好的男生，但是都选择了我们。尽管后来我们其他几个人故事没有到期待中的结局，但是你们走到今天，我内心感到很幸福，真的。

其实我们几个人很多时候都没啥竞争感的，但是这件事情上我觉得我要和你们竞争一下，结婚估计是快不过你们了，争取比你们生得快，要是第一个没你们快，争取第二个比你们快……就像上了大学以后，发现高中时候如此看重的那些分数，似乎渐渐变的没有什么意义，在真正面临人生的时候，所谓的权利、地位、财富也有些黯然失色，永远闪耀光辉的是亲情、爱情、友情这三个俗到掉什么都可以的词。

多的我不说了，你们懂的。

不过，马骁，TMD你这个求婚标准搞的有点儿高啊！

朋友：王博
记于马诗歌求婚之后

2005-5-22
我们"在一起"的纪念日

PART 2

来一次触及灵魂的恋爱

各位单身公主们,
有时候不要太过于专注寻求自己指定的那个王子,
以至于忽略了身边那些爱的火花、爱的信号,
往四周看看,没准真命天子就在身后。

中国传媒大学的革命友谊

各位单身公主们,有时候不要太过于专注寻求自己指定的那个王子,以至于忽略了身边那些爱的火花、爱的信号,往四周看看,没准真命天子就在身后。

马诗歌说

"广院给了我事业,也给了我爱情",这句著名主持人陈鲁豫师姐的名言用在我身上太准确了。我和丫溪一起在这个青葱的校园度过了七年最美好的青春时光。从她50岁生日,刚刚从"北京广播学院"蜕变成"中国传媒大学"的时候开始。

近年来关于传媒大学的段子越来越多。先有"中国传媒大学无早操,无早读,不晚修,五个食堂任意吃,洗澡方便,交通便利,冬有暖气,夏有空调,女生宿舍独立卫浴,出门有天桥,男女厕所按比例分配,校长有信箱,书记有微博,选课自由,不禁校园亲热,师姐爱护师弟";再有"厕所配备免费厕纸,课间音乐提醒,无论教师是否讲完课、四节课后电源自动关闭,食堂鸡蛋3毛一个"等等。新老校友们用"人类已经无法阻止广院"这样高规格的语言来赞美学校的人性化。在这个传奇的学校,会有很多传奇的事情发生。

我就读于文科类的"新闻学"专业,丫溪选择了艺术类的"文艺编导"专业。我们各自加入了"北京广播学院"的广播台这个可能是全国最优秀的校园广播机构。三年的校园广播台生活中我走完了从记者到编辑再到台长的发展轨迹,制作了50多期节目,留下了10部广播剧作品,办过大型活动,得过广播大奖。当然,和秋天种下的友谊种子相比,这些都是小菜,因为春天收获的,是爱情。

广播台有7个节目组,我报考了和我专业相关的时事评论类节目《有事大家谈》，丫溪报考了和她专业相关的休闲娱乐类节目《阳光不休假》。如果事情都按照我们所期望的方向发展，那五阿哥牵起的可能就是紫薇的手了，您能接受吗？我反正不能，所以就需要有个冥冥之中改变命运的人出现，她是当时《阳光不休假》的责任编辑。当我后来成为编辑招聘新人时，凡第一志愿不是《阳光不休假》的应聘者都被PASS掉了，更别说去别的组里抢人。所以她的神奇之处在于慧眼识珠把一个压根儿没想往综艺娱乐路线发展的人带上了不归路。于是我们认识了。现在丫溪偶尔会问我，要是我俩分手了，你再找一个的话你会找什么样的？（男同胞们注意，经典陷阱啊，可千万别说什么小清新小鸟依人或者火辣范儿激情似火之类的，更别说什么一头乌黑亮丽的长发，放心吧，怎么说都错。一定要说：你这样的。）我说我喜欢像你这样的——水灵。这可是实话，但是我刚认识她的时候，可能是相识之前的一个月都在参加新生军训太苦被晒干了，一点儿也不水灵。所以我们仅仅是认识，毫无非分之想。

2004年10月，我们相识，吵吵闹闹，开始一段"广播台的革命友谊"

录音ING，感谢广院、感谢广播台，给了我们事业更给了我们爱情于是我们保持了半年纯洁的男女关系。每周二的晚上,我们就"被迫"一起聚在广播台的二层小楼制作节目,争吵专业,坐而论道,看着太阳渐渐落下,夜幕开始降临,活儿干完的时候,已入夜,有时甚至还能看着太阳再重新升起。累了就借个肩膀靠靠,冷了就脱件衣服挡挡,饿了就啤酒烤串来点儿,困了就各回各家各找各楼大妈。就在这样的团队工作环境中(当然还有其他很多人一起啦),我们逐渐建立了跟性别无关的革命友谊。纯洁到可以为对方介绍对象的程度。

 丫溪说

哪个女孩不会期盼王子?哪个女孩不曾期盼伴侣?

在我进入大学前的18年人生里,我一直有自己笃定的王子标准,用八个字简单形容:浓眉大眼、又高又帅。因此当我2004年10月,在中国传媒大学广播台新人见面会上第一次看见马诗歌时,这位身高183厘米的小眼、黑瘦、土鳖男士,说实话,除了身高还凑合外,姐对其他一切都觉得异常失望,而我也相信马诗歌对他称为"不水灵"的我也毫无感觉,原因是姐当时为了工作方便豪迈地首先开口要了他的电话号码,结果哥们扭扭捏捏、磨磨蹭蹭,最终迫不得已才给……

没有花前月下,没有灯火阑珊,没有回眸一笑,这就是我们幸福故事的尴尬开始。从此,两个彼此不欣赏的人迫于社团工作只能终日混在一起,开会、讨论、争吵、写稿、录音、剪辑、后期、播出,每周一轮,循环往复了半年,姐才在马诗歌身上渐渐看到闪光点:从吵吵闹闹的选题会上我听到了他的创意,从洋洋洒洒的节目台本中我看见了他的智慧,从快快乐乐的录制

过程中我发现了他的幽默,虽然他还是小眼、黑瘦、土鳖,但姐的择偶标准却开始慢慢转变:眼小是小了点,但男儿无丑相,对吧?黑是黑了点,但谁让人家在云贵高原暴晒了18年呢,没准在北京能养白呢?土是土了点,但没准经我的劝说和安排,也能往洋气时髦的路子上转转呢?

于是,默默无言,悄无声息,我喜欢你了,马诗歌,你是小眼王子我也认了。

其实我是相信一见钟情的,只可惜这种美好的事情不曾发生我和马诗歌身上,但却并不影响我们在以后的生活中彼此发掘对方的美,爱得轰轰烈烈,并最终携手走上婚姻这条不归路……所以,各位单身公主们,有时候不要太过于专注寻求自己指定的那个王子,以至于忽略了身边那些爱的火花、爱的信号,往四周看看,没准真命天子就在身后。

Tips：我们为何选择广播台？

新生入校难免会在五花八门的社团中挑花了眼，师哥师姐们激昂的演说、迫切的拉拢很容易让人一下子加入好几个学生组织。我大一最多的情况下兼任了5个社团的龙套，但广播台的优势很快就显示出来了。

首先，这是能够生产作品的地方。传媒行业中，个人能力最佳的呈现载体是作品。作品里包含了一个人的思想、创造性和执行力。广播台每周一期节目定时定量为我们积攒下实实在在的作品，那些改了又改的稿件、挑了又挑的音乐都是我们未来在专业道路上成长的基石。

其次，广播是在团队作业。一期节目的形成，凝结了记者、编辑、主持人和技术的心血。可以很好地锻炼和人打交道的能力。大家为了做好节目这个共同的目标聚在一起，相互之间的关系也更友善纯净，给人一种家的感觉，让每周聚在一起工作的日子变得十分愉快。

第三，广播台的运行体制向专业传媒机构看齐。竞争机制让人保持积极向上的作风。做完一年记者之后要进行全台竞聘，合格者才能升任编辑。做完一年编辑表现突出者才能升任高层。整个过程学生考核学生，在被考核和考核别人的过程中互相学习。

蹩脚红娘和穷酸诗人的意外邂逅

为了不让她继续在蹩脚红娘的道路上越陷越深,我愿意丢下诗人的伪装,牺牲奉献成全一段拯救式的姻缘。

 马诗歌说

每一段经久不衰的爱情故事总要有个浪漫的邂逅。不过我们的邂逅并不浪漫。丫溪一心要做个胜造七级浮屠的红娘,刚开始给我安排相亲时我以为是好玩,就非常配合地演这出戏,但演着演着发现人红娘是认真的,人女孩儿也是真诚的,我就觉得这事儿有点不对劲了。而且随着日后了解的深入,我愈发觉得有点扯。自古牵红线的人什么角色?配角啊,配角什么形象?必须不能比主角美啊。问题就出在这里,传媒大学的艺术类专业,一般来说没有长得不好看的,顶多就是好看得比较另类的。林志玲给范冰冰介绍对象,这不是让人错乱的么?再加上她对情侣的判断始终比较理想主义,认为可以把施瓦辛格介绍给范晓萱,认为白雪公主会喜欢小矮人。所以但凡是她介绍的亲事我都要和不靠谱划个等号。

那时的我是个唱着《单身情歌》的杯具男。还在为雾一样看不清的女孩写着痛苦的英文信,为谜一样猜不透的女孩写着酸楚的打油诗。总是发着有去无回的短信,买着两张票却一个人听的音乐会。却唯独小看了学校社团的必杀秘技——日久生情。抬头不见低头见,今天不吵明天吵。绽放的花园走一遭,回头发现离自己最近相处时间最长的鲜花最经得起推敲。当她的优点不知不觉渗透到我眼里,积累到一定程度后"啪"的一声电光火石,等到我自我谴责怎么能堕落到对窝边草产生想要下手的感觉时已经来不及了。好感的产生就像决堤的尿,出来一点就憋不回去,只能任其肆意奔流。

恋爱圣地核桃林

为了不让她继续在蹩脚红娘的道路上越陷越深,我愿意丢下诗人的伪装,牺牲奉献成全一段拯救式的姻缘。后来,在一个月黑风高的夜里,我抓住了一个为工作上的小事吵架的机会,趁气头上放下狠话——"有种跟我好",对方立马上钩"老娘不怕你,来啊"。好嘛,有必要这么火爆吗?总之用短信白底黑字把窗户纸捅破了。那一天自然也成了我们的纪念日,也差点成了分手日,因为一觉醒来,她反悔了。我当时心里那个碎啊,跟故宫的哥窑瓷一样碎成了六瓣,有这么玩弄良家少男的么?我说为什么反悔,她说冲动是魔鬼。我说爱谁谁,来神杀神来鬼杀鬼。好吧,关于这个问题我在日后的检讨书中侧面地提出来讽刺挖苦了一番,此处不再赘述。总之,我们正式确立恋爱关系了——以一种跟花前月下没有一毛钱关系的方式在一起了。

丫溪说

每个人都该有点爱好,我的业余爱好是当红娘,只可惜,我从来没有说成过一对。

在我和马诗歌还保持着纯洁的革命友谊的前半年,我每日都能见到马诗歌四处追求四处碰壁的景象,作为他当时的好同学、好同事、好伙伴,我做了一个重大的决定,为马诗歌说一门亲!前面已经描述过马诗歌的外形——高、瘦、小眼、戴眼镜,恰恰我宿舍有靓女一枚,正好钟情这种类型。于是,在我苦口婆心和精心策划下,终于在一个大中午安排两人在广院恋爱圣地——核桃林相会,相亲只持续了10分钟,两人互瞥了几眼,没感觉,道BYEBYE。(P.S.此美女在求婚视频中出现过哦,她是谁呢?大家猜猜)

而在此次的失败相亲后,我觉得马诗歌可能是为了报复我,开始在业余时间大量的以骚扰我为乐,而我,也为了补偿他,开始在业余时间大量的以被骚扰为乐。半年的你来我往,半年的相互陪伴,终于在一个月黑风高的夜

> 2005年5月22日,我们在一起了!谁都没想到,我们把窝边草给吃了

晚，用我们临睡前的暧昧短信将前半年的革命友谊做了个了结，对后半生的私订终生做了个开始，后来那天被我们定为了纪念日——2005年5月22日。

你觉得这是"意外"吗？我却觉得这是好事多磨的命中注定。

你觉得我"蹩脚"吗？我却觉得我很称职，我没有说成你和她，但却促成了我和你。

你觉得你很"穷酸"吗？我却觉得你很诗情画意，你可能都忘了，是谁……是谁曾专门给我写过一封长信？

电子时代的纸质情书

> 没话找话,没事找事,生拉硬拽,胡扯瞎扯。
> 现在看来,虽惨不忍睹,但足够古典,敢试试吗?

马诗歌说

话说这个时代的普通青年泡妞用短信,文艺青年泡妞用私信,剩下一种青年泡妞——靠书信。以下这封信写于我和丫溪确立恋爱关系之前的一个月。目的虽是搞暧昧,但性质却是耍流氓,还故作深沉藏着掖着。全篇没话找话,没事找事,生拉硬拽,胡扯瞎扯。现在看来,虽惨不忍睹,但足够古典,敢试试吗?

To 孙丫溪:

其实一直以来我都非常喜欢信件这种传统的传播情感和信息的方式,QQ和短信蔓延的时代也许在无形中把人的情感虚拟化、速食化、幼稚化了,"晕~"、"呵呵"、":)"……这些虚拟的东西就好像风一样,吹了就过了,为什么婚姻靠的是红皮白底黑字的结婚证而不是口头禅,就因为写在纸上的字是相对真实而持久的,除非把它们撕碎了烧了。

给你这个抬头不见低头见的人用这种传统的方式交流好像比较奇怪,想到了以前写命题作文:我的朋友。大家那么熟,有什么可写的啊?小学当说明文写:我有一个同学,名字啊叫做XXX,体重她不告诉我,瓜子脸、没胡子,我和她是好朋友,但她有的时候会掐我……初中当记叙文写:在那个飘雨的傍晚,我看着她的身影孤独地徘徊在回家的路上……高中当论文写,朋友就是夏天的雨伞冬天的炭,春来的清爽秋来的凉……人到大学,没有人布置命题作文了,自然也缺少了这种微妙的方式去深入地了解周围人。曾经听说大学里没有真正的友谊,只存在情人和敌人,没去考证,因为这里没有让我特别痛恨和神魂颠倒的人(估计以后也难出现),我只觉得,只要与人为善,以诚相待,张弛有度,还有什么不满足呢?

四月份收到一份看得见摸的得着生日礼物，可惜一对精美的钥匙链在使用的第一天就被我弄坏了。小学有人送我自动铅笔，说让我天天用它，结果我弄丢了，后来她再没像以前那样跟我玩了。以至于后来我几乎再没用过别人送的礼物。看来适合我的礼要么是吃的，赶紧吃完吸收代谢了，也算是在体内留下份不知哪来的营养，要么是看的、远观，不去xie（此字不记得写了，用拼音代替）玩。

　　我发现最近我的生活里老是叽叽喳喳好不热闹，短信收件箱里除了不敢删的工作短信外，就是"让我去死"、"滚一边去"、"烦死了"、"我要和你绝交"、"气死我了"这类的短信，署名"孙丫溪"……看来这时代可真变了啊，想不到我一个温文儒雅、器宇轩昂，在古代早被争相仰慕的书生竟然常常会被弄到无语了。不得不佩服当代小姑娘这一怕天二不怕地三不怕撒泼耍脾气的本领，呵呵呵呵呵！！21世纪最宝贵的是什么？是人才！！居然还存在我这样不把"罪"当罪受的男生：）

　　不知现在的我在你看来是否还是"特别的不了解"，不过你于我算是有轮廓了：善良、热心、上进、良好的心态外加任性……哎呀呀，我终于也能在不受干扰的情况下扯你一大堆了，别介意，这可是十分客观的。

　　在我印象中，这学期北京还没有下过一场透雨。春雨贵如油，还是有体验了。听老人家说，春天不下的雨会积攒到夏天，倾盆而至。没雨的时候，羡慕那些下雨的城市，雨水赶走了烈日炎炎的烦躁，滋润了干旱的大地，的确有让人心旷神怡之功效。但我又想起了高中的夏天，眼睁睁地看着早早计划好的球赛式出游计划就被一颗一颗不相识的水滴给溶解了。昆明有一年的夏天特别舒服，那雨似乎有了灵性。夜幕降临就悄然而至，太阳升起又阳光明媚，留下一片水灵灵的金黄，福气啊！

　　五一到了，祝你五一快乐，当然，如果觉得快乐还不够，那还有六一，如果老师没给你发小蛋糕和气球那还有七夕，如果没有人送你照亮银河的明灯那没关系，还有八月十一，会有人送你生日礼物的，祝你每天都能开开心心的！

　　写完了！

From:马骁

2005年4月29日 1:00AM

> 2005年4月8日。广院之春。在生日这天参加"广院之春"。看到这个给我给我送水的人了没？居然成了我的女朋友，巧吧？人生就是那么有意思

广院之春

广院的歌唱比赛，十几年了，广院历史悠久的文化盛事。名言是"能在'广院之春'的舞台上坚持站3分钟，世界上就没有你站不了的台了"。因为学生会哄台，还会扔纸飞机。很多人受不了被哄就落荒而逃。

上大学之后，我收信不多，第一封就来自马诗歌。

2005年的"五一劳动节"，正是我和马诗歌暧昧的高潮期，大家每天打打闹闹，短信你来我往已经有一段日子，但就是迟迟没有人把话挑明。但收到马同学来信时，我那心里的小鹿乱撞

啊,忐忑地打开来信,边读边思考到底要不要答应他的求爱时,我傻眼了,因为此信关于"情"啊、"爱"啊之类的内容基本没有,如果想称其为"情书",可实在含金量不高。

马诗歌的这封信,从写作文谈到送礼物,从北京的雨扯到对高中生活的美好回忆,在当时的我看来,就是中心思想不明、段落构成不清、错别字连篇、没主题、没意义,马诗歌,你这是找媳妇还是寻笔友啊,你在闹哪样啊!

事隔六年,翻出这封信再看看,其实还是有那么一丝欣慰。因为在收到这封信的两周后,我就成为了马诗歌的女朋友,而且哥们也一直遵守了信中结尾时的承诺:当年我的五一,因为没有得到求爱信,很不快乐,但后来的六一,我就收到了他半夜送来的小蛋糕,七夕我就和他一起去放了照亮银河的明灯,八月十一我收到了甜蜜的生日祝福视频。马诗歌,感谢你,让我收到这封信后的1800余天里都能开开心心,只是,当时在信的开头就号称"一直很喜欢信件这种传统的传播情感和信息的方式"的你,为什么在以后再也没有给我写过信呢?

恋爱之后干点啥？

爱情这个黑洞，越发靠近它，人的世界观和生活方式就会偏离原来运行的轨道。越想违抗这种力量保持原来的潇洒生活，最后被改造得就越彻底。

马诗歌说

现在回想起当年刚刚开始谈恋爱时丫溪给我营造出的宽松包容的假象，我简直可以成为史上第一冷笑话。那时QQ聊天记录很安全，手机短信没人查，不醉不归不是错，打游戏不犯法，可以搂着姑娘合影，能找美女跳舞，还可以有几个聊得来的伴，对于我们这样感情积累不充分、一时冲动建立了关系再开始谈恋爱的情侣来说，初恋的我完全没意识到这是怎样一种变化，以为不过是吃饭多掏一份钱、回家多绕几步路，有点亲亲抱抱的福利而已。然而就像接近光速的物体就能扭曲时空一样，爱情这个黑洞，越发靠近它，人的世界观和生活方式就会偏离原来运行的轨道。越想违抗这种力量保持原来的潇洒生活，最后被改造得就越彻底。

女孩的心思跟老爷们儿真的是有很大出入，没个心理准备就经常会为一些小事大动干戈。比如我搞不懂女人为什么执着于让我出卖手机短信和QQ密码，信息这种东西老师从小就教育了属于隐私范畴，不经允许私自偷看属违法行为，难道她们的思想政治课都是外语老师教的？我也搞不懂女人为什么觉得我不够关心她，你感冒了我告诉你要多喝热水了，爹妈对我不过如此还要怎样,莫非要我去你宿舍帮你打水吗?宿舍大妈也不允许我上去干这事儿啊。我还搞不懂女人为什么刚刚约会完了回去还要打电话,又不准不耐烦,还不准挂电话,有什么话这一天约会都说差不多了呀,我这会儿忙着打游戏呢没词儿了已经,明天行不行,来日方长没听说过吗?

那会儿我常常在想,谈恋爱要是没有这些零碎琐事该多好啊,阳关道都一起走了,就给我留座独木桥吧,多好,多好啊。于是我这种自认为在和爱情谈笑风生,却被她形容为"恋爱商数too simple,sometime naive(很傻很天真)"的问题青年,就像醉酒驾车那样,被直接拘役了。然后开始了漫长的劳动改造和精神洗脑。得,等着享受幸福以后的疼痛吧。

 丫溪说

什么叫"恋爱磨合期",百度百科是这样解释的:恋爱磨合期是恋爱过程中的必经阶段,是男女双方在精神、生活、细节以及处理问题时产生摩擦的阶段,如果这段时间调整不好很有可能导致王子公主般美好的爱情夭折。

我和马诗歌的"恋爱磨合期"进行的并不愉快,用他的话说,就是他"要了一年的流氓",而我也是"受了一年的羞辱"。核心的问题出在我觉得他不关心我(事实也的确是不够关心我),女孩找男朋友图个什么?图的是一份相伴、一份依靠、一份温暖,而不是你每天中午到食堂帮她刷个饭卡买份盒饭,相对无言吃完饭急匆匆送到宿舍楼下,迅速挥挥手说BYEBYE只为赶着回去打魔兽!女孩跟男朋友说"我病了",虽说不用你立刻打120叫救护车,但你至少也应该买个药送个花道一声"亲爱的,注意身体"吧,而不是头痛你说"多喝水",胃痛你说"多喝水",脚痛你说"多喝水",喝水喝水喝你妹的水啊!喝水能治百病要医生干嘛!女孩给男朋友打电话,不准挂,要煲电话粥,那是想你爱你的表现,谁愿意不睡美容觉跟你瞎得瑟啊,一个月就那么点生活费,还得大比例的上交中国移动,谁的钱不是钱啊!

男朋友们，遇到那些你深夜还没回家，她就电话追个不停；你总是不停地抽烟，她就收起你的香烟；你过马路不走人行道，她就唠叨个没完；每天见面，她就像蜜蜂一样，围着你转；你问她一个新鲜事，她一口气说出十个……你千万不要觉得这种女人很烦，相比起那些有个几面之缘的红颜知己、酒吧舞伴，这种女人才是男人一生的追求。谈恋爱是找女朋友，不是找合租室友。我们需要的不仅仅是一起逛街的人，一起吃饭的伴，那些有闺蜜就足以，我们需要的是你们在激情退去后仍然能持之以恒的温情和关怀。

当然，我和马诗歌"恋爱磨合期"故事的结尾是这样的：随着时光流逝，岁月荏苒，在我每天孜孜不倦"too simple, sometime naive"的言语教诲中，在我持之以恒的"不听话就脱光了吊起来打"的拳脚相加下，马诗歌同学终于明白了共处的真理，爱情的真谛，从最初的热情顺利过渡到了温情直至亲情。所以，姑娘们，没有过不去的坎，没有驯服不了的男人，在搞定男朋友的道路上，就让我们互支持，共勉励！加油！

男人被改造的心理过程

吵架永远都是这个套路,你跟她讲道理,她跟你说态度,你跟她说态度,她跟你谈感情,你跟她谈感情,她跟你讲道理。玩不过的。

马诗歌说

来,我们探讨一个折磨广大男同胞的场景。

你和她约好了时间,你为了赶那个点匆忙起身,没洗澡、没拉屎、没吃饭赶到她门前气喘吁吁。她不紧不慢擦脸、化妆、试衣服、试鞋、接电话……最后千呼万唤始出来。你满心委屈又无法说出,郁闷之中绷着个脸。

女:"哟,干吗这副死样子,我惹你啦?"

哟嘿,行啊,看看啊乡亲们,恶人先告状啊,我都没开口你倒开口了!

男:"你没惹,我没事。"

女:"说话阴阳怪气的,我怎么招你了?"

合着成我的不是啦,我阴阳怪气啦,你怎么招我你不明白?好,你要装糊涂,那我就告诉你。

男:"你怎么那么久啊,外面很冷啊。"

女:"我就知道你有情绪,你不爽你说啊,甩一幅臭脸给谁看啊!"

喂喂喂,我明明是说你迟到,你怎么转移说我有情绪,我也不想有情绪啊,你不迟到我

能脸臭么？

男："说都说不得是不是，就允许你迟到，不允许我有情绪啊？！"

女："好啊，你敢大声吼我，你凭什么吼我啊，这多大事儿啊，你就吼我！"

唉，我发誓好不好，我要是达到了"吼"的境界我下场很悲催好吧，我顶多是话说得快了点儿密了点儿。明显是转移话题，移花接木，把责任再次推到我身上。

男："谁吼你了，我没洗澡没拉屎没吃早饭，你让我等那么久，你讲讲道理好不好。"

女："好啊，我脾气不好你是知道的，以前迟到你不说，现在你嫌我不讲道理了，你忍不了了是吧？忍不了分手啊，谁强迫你跟我在一起了。"

你看，拿历史和性格说事儿了吧。好了，话讲到这个分上，技术已经不起作用了，得玩经验了。

尚无经验的我呢，会忍不住蹦出"莫名其妙！"、"无理取闹！"这样客观的评价。但结果就是她扭头一走，然后事情弄僵，最后一哭二闹三上吊什么的，最后还得我吭哧吭哧赔礼道歉收拾残局，折腾一圈出了力还不讨好。

现在，已经吃过N堑才长出来的那一智告诉我，吵架永远都是这个套路，你跟她讲道理，她跟你说态度，你跟她说态度，她跟你谈感情，你跟她谈感情，她跟你讲道理。玩不过的。总之，当人家到了拿分手说事儿的时候，你就输了。不说话吧，那口恶气，简直没发出，你一说吧，大江决堤，麻烦事滚滚而来溃不成军。所以关键在于把麻烦扼杀在摇篮。反正吵不过人家，躲还不成吗，不惹你还不成吗。所以现在我再遇到这种情况的时候，我一点儿不生气，玩我的手机上我的微博看我的苍井空，等她出现后不紧不慢略带遗憾地抱怨说："今儿这么早，美女还没看够啊。亲，再晚来5分钟我还能给个好评哦。"

 丫溪说

我是狮子座,马诗歌是白羊座,唯我独尊的狮子遭遇冲动得瑟的白羊,火象星座与火象星座的碰撞,会有啥后果?结论就是"吵闹不休、拳打不止"。

前文中,马诗歌已经对我做了一番血与泪的控诉。是,我承认,我这个人嘛,出门是迟了点,化妆是慢了点,面对衣柜脑子放空的时间是稍微长了点,但你至不至于多次给我脸色看,有哪个花枝招展的美娇娘愿意面对死鱼脸的男朋友?各位男士们,你们也不想想,古云"女为悦己者容",今说"你负责赚钱养家,我负责貌美如花",我们除了应付折磨人的论文,要人

命的实习，百忙中还得抽出时间梳妆打扮，为了谁？还不是为了让你们有个赏心悦目，有个心花怒放！我们容易吗！！不就耽误点你们赖床、拉屎、打网游、看A片的时间嘛！！！有啥值得一把鼻涕一把泪滴控诉！！！！！

另外，马诗歌，别只顾着对别人严惩不贷，对自己宽大处理啊，想当年……

当我穿着新买的绿色帽衫蹦跳着到你面前，只为得到男友的称赞与表扬时，是谁毫不留情地说我"你就像根苗"？

当我下班后疲惫不堪，只为得到男友的一句关爱时，是谁抓住每次我打哈欠的瞬间吓唬我，害我好几个月都有"打哈欠恐惧症"？

当我辛辛苦苦把地板拖得发亮闪光，只为得到男友的协助时，是谁作大爷状躺在沙发上把瓜子皮嗑满地？

当我致电给出差的你，只为表达对男友的关心时，是谁以喝多了为由挂断电话，结果10分钟不到就在微博上各种耍得高兴？

马诗歌啊马诗歌，这都是你做的孽啊！在广大读者的见证及监督下，反省吧您！

自行车上哭不出来

大学四年，我们基本上都在重复一个过程，买车——丢车——买车——丢车——买车——丢车……

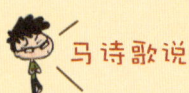马诗歌说

2004年10月份我买了自己的第一辆车，有一天，一个女孩半强制的要我顺路带她去食堂，她一定不知道我辛辛苦苦想献给别的女孩的第一次就这么不情愿的没了。

大学过的第一个生日恰逢我校最负盛名的学生活动"广院之春"歌唱比赛。那天雨一直下，我把车停在超市。被雨淋湿的锁始终打不开。我只能把车搁一边，准时去参加比赛。唱了1分钟就被哄下台了，其间那位被我的自行车第一次带过的女孩上台送给我半瓶水（注意是送上台，代替鲜花用的）。初赛完毕后，我拿着水往回走，却再也找不到那辆灰色的自行车。

后来，这个女孩成了我的女朋友，没错就是丫溪。毕竟谈恋爱也算件值得庆祝的事情，我决定买辆车，每天带她周游广院。

2005年5月的新车，一切都不如前一辆，图的就是价格便宜质量差，被偷价值不大。新车新气象，同学们纷纷蹭坐新车上学。于是我白天带男生，晚上带丫溪，那段时间英姿都感觉格外飒爽。但是没过多久，丫溪渐渐不爱坐车了，她似乎更愿意我推着车和她一起走。后来才发现轮子钢圈被男生坐成椭圆了，难怪正在减肥的她觉得坐在后面路过的人都对她笑而不语，令她很伤自尊。推着车不如没有车，我把车停在南门，一个假期后生了厚厚的锈，再想去打理的时候，没了。

2005年10月，当了师哥让我有了买车的冲动。便宜无好货，好货不便宜。斗争了很久还是决定买黑车。临走前专门留了个心眼问老板这车来源安

宁在自行车上笑,也不在宝马里边哭,当然以后要是能在宝马里笑就最好了。

全不,老板说郊区来的,远着呢,放一百个心。

　　有一天骑车走在学校被一师弟拦住,他说跟踪我很久了。正当我莫名其妙的时候,他很认真地告诉我这车是他的,并且一口气说出了车的4个外部特征,其中有一条是后轮轮胎换过,希望我能够以买车一半的钱卖还给他。尽管接受不了这种国际玩笑,但我还是保持了冷静和风度,我想咱当师哥的不好意思要你这点钱,要真是你的我自然物归原主。一般新车不太容易换胎,所以我们达成君子协定,到车摊做亲子鉴定,换过我就还你,没换过就怨不得为师不以慈悲为怀。结果,您知道,这种电影里才会出现的狗血情节发生了,果然前后轮胎不一样,后爹被正宗爹完美干掉。于是我手拿两把锁,目送他消失在我的视线。此时距我买车仅仅11天。原来他丢车的地点正是遥远的,但却离我们学校很近的郊区——通州。他高中快毕业时丢了车,考上了传媒大学,碰上了大老远跑到朝阳公园把他车买回来的我。人生最幸运的事莫过于心爱之物失而复得,我想我做了件好事,只不过从此以后我对买非法二手车产生了严重的心理障碍。

　　2006年4月,我买了迄今最喜欢的一辆车。折叠、超小,一手就能拿走。很长一段时间,我每天把它扛回宿舍楼,扛它到各楼教室上课,吃饭进餐馆,买东西进商店,拿包裹进邮局,考试进考场——形影不离。由于车小,丫溪只能站在车后面双手扶着我的肩。没想到泰坦尼克甲板式的浪漫竟然被爱车如此轻易而真切的营造出来。一个学期过去,我成了大三的人,我想,等到毕业我就带着它和女朋友一起回家见爸妈。然而就是有那么一天,广播台开会,我把爱车锁在广播台楼下的铁栏杆上,栏杆总不至于被搞断吧?!于是开会,看到这里大家可能也猜到了,天黑,散会,车没了。丫溪比我早发现,看她比我还伤心,本该被人安慰的我转而变成安慰她:没事,我习惯了。

丫溪说别买了,还会丢的。我说买一辆好,哪天社会把咱惹急了还能骑车私奔去,她笑了,我说你到时候愿不愿意,她说行啊,只要你带得动。好了,就为那一天,车就一直买下去了,只可惜,现在看到我骑车,必然不是私奔,八成不是去菜场,就是从菜场回来的路上。

 丫溪说

你要问我与马诗歌的感情生活中,印象最深的物件是啥?我可以斩钉截铁地告诉你——"自行车"。大学四年,我们基本上都在重复一个过程,买车——丢车——买车——丢车——买车——丢车……

一个人四年之内丢了八辆车或许不稀奇,我们可以将其归结为"点背",但一个人买了车居然能遭遇失主并最终还给失主,我们只能说他是"好人"。

对于马诗歌"买车不昧"这件事,说实话市井小民的我一开始并不能理解,我们一没偷二没抢,老老实实攒钱买了辆车凭什么说还就还呢?后来在马诗歌苦口婆心的思想教育下,终于端正思想,老老实实将车还了回去,并借学期作业之际,将这件戏剧性的小事拍成短片《还自行车的人》以资纪念。

我爱马诗歌什么呢?一个只能骑自行车,每天吃食堂的普通男孩子,却有一份"见利不昧"的宅心仁厚,我爱的就是这份老实、这份诚信和这份善良。

从大学到研究生,广院的七年生活匆匆而过,与马诗歌许多的校园场景都记不太起来了,但有一幕却常常在我脑子里穿过——那是夏日的某个傍晚,我坐在马诗歌椭圆形车轮的自行车后座上,他骑车带着我在学校里穿梭……这幅朴素平常的画面时刻浮现或许就是在提醒我,孙丫溪,这个好男人值得把握。

一句话:

有了这个男人,我宁可这辈子都坐在自行车上笑,也绝不坐在宝马车上哭。

今天我煮了一只鸡

生活是两个人的生活,日子是两个人的日子。
煮妇还是煮夫又有什么关系呢?

 马诗歌说

大四的时候同学们在外合租了个大房,我们立刻组织大波人马前去暖房凑热闹,说好是大家一起做饭庆祝,男生买菜打下手,女生主厨。结果一大早买了大包小包来到屋子里时发现:没有女生,坏了,not fashion,怎么办?不能慌,整个场子要hold住,披上围裙,一秒之内变厨男。于是,几个大男生开始忙活起来,各展身手,同仇敌忾,搞出了一顿像样的午饭。

厨房一分钟,厨外半年功。能够一秒之内变厨男,平时功夫没少下。男人占领厨房的潜台词就是女人都不爱做饭了,或者说不会做。她们安享着恋爱的胜利果实,看着男人为自己做爱心晚餐,那滋味,比当老佛爷都差不到哪去。

回想当年刚刚进入厨房的场景真是哭笑不得。在北京最惨的就是很难花很少的钱喝到原汁原味香喷喷金灿灿的鸡汤。租房有了灶台和锅之后,就买了一只鸡亲自操刀烹制。为了纪念我的处女鸡,特意请了丫溪以及丫溪的淑女好友一起来喝汤。

买完鸡特意给老妈打了电话问怎么做。她交代得一清二楚步骤极为详细,我瞬时记忆力不算太好,但是煮鸡的步骤实在太简单了以至于听过之后马上复述了一遍完全没错。好的,开始自信满满按步煮鸡。

步骤真的很简单,第一步是买鸡,第二步是洗鸡,第三步是煮鸡,这里稍有点复杂就是要先大火煮沸后把表层的沫子打掉,然后一直小火炖着就可以。我一直以为炖鸡汤是很复杂的事情没想到就这么完了，如果我煮的第一只鸡就那么平淡的成功实在是太没有纪念性了，于是为了让鸡汤更为滋补，我去买了各种叫不上名字也不知道是什么的参、莲子等作为配料。

小火煮了10分钟，鸡汤的香味就飘散在房间里，太美妙了。丫溪喝了一定很赞，丫溪的朋友喝了也一定很赞，丫溪在她朋友面前很有面子，我今后几天也一定会过上好日子。

等她们来了之后我把锅盖揭开，瞬间香飘迎面，厚厚的鸡油浮在表面，金灿灿的，让我高兴得后悔自己没多叫几个朋友一起来吃。

于是把汤呈上。女友喝了第一口表情有点异样，我暗喜一定是很久没喝过那么货真价实的鸡汤了，果然，她马上露出笑容说好香啊！只是有点苦……嗯？怎么会苦呢？我自己尝了一点，确实有点苦，女友的好友倒是很开心地喝了两口说喝下去很香，尽管有点回苦，不过没事，很不错了。我又喝了一口，确实有点回苦，怎么会苦呢？我有点纳闷，于是突然想起我自作主张加进去的叫不出名字的参，跑到厨房尝了一下锅里的，一点都不苦啊！又尝了一下没煮进去的参，也不苦啊。后来想到了莲子，放了好几颗莲子进去，估计就是它在作怪了。于是坦白的跟女友说了，她怪我生活常识太差，莲子是要去心的，不然特别苦。不过看我那么辛苦又有点委屈，就安慰我说良药苦口，只要不是苦到无法下咽，就喝吧，于是带头喝了两口。

看来自作主张还是不好，以后鸡就是鸡，煮它就不放其他东西了。为表示歉意我打算把鸡大腿和鸡翅膀都留给她们俩吃，于是赶紧去把鸡捞上来准备解腿和翅膀。不过这时悲剧发生了，我刚把鸡提起来就发现汤变黑了，因为内脏出来了。

原来鸡汤发苦不是莲子也不是参，而是

在煮鸡之前没把鸡内脏给掏了。

于是一只鸡和汤就分别进了垃圾桶和下水道了。

于是女友极其尴尬的和好友去卫生间漱口了。

于是我明白一个道理：决定成败的细节是要靠实践检验的，理论上再丰富，没有实际演练过，就很难保证事情能够成功。这就是为什么晚会先要彩排、考试先要做题、结婚先要同居。

实践证明，丫溪做饭比我有天赋，发现我资质过差后闷头苦练自行研究然后手把手指导我如何做饭，一旦我做出来的菜满足了两人的胃口，那她就使劲夸我，说我做得如何如何好，于是从此厨房里就只有了我的身影。闷头做了几年饭的我现在识破了，这应该是个计。事已至此，厨男的身份去不掉了，那就将计就计，时不时组织个厨男party(参加的男生各自邀请一名女生参加，男生负责做菜，女生负责品尝)吧，谁来？

 **丫溪说**

　　作为独生子女,说实话,我和马诗歌身上都有一些共有的臭毛病——比如,不会做饭,不愿洗碗,不爱劳动等等。

　　刚来北京上学时,我俩啥都不会,后来搬出来住,有了灶和炉,才慢慢摸起锅碗瓢盆,开始明白煮饭要放一指关节那么高的水,切菜要窝着点手指头以免切到手。

　　我俩最先开始探索"下厨"这件事的导火线,是马诗歌,从"煮了只鸡"开始,虽然不太成功,虽然让姑娘们兴高采烈地咽下了饱含着鸡五脏六腑浓烈香气的鸡汤这事干得不太地道,但是总的来说,作为"衣来伸手、饭来张口"的一代人,率先下厨,为我们这种连电饭煲的开关在哪里都不知道人做了表率作用,可谓勇气可嘉,值得褒奖。

　　也许是"煮鸡"事情深深地伤害了马诗歌的自尊,自打那以后,哥们买了好多"私房菜谱",在家苦练厨艺,于是现在的马诗歌有了响彻广院方圆十八里,来我家吃过后无人不夸无人不叫好的拿手菜"红烧牛肉"、"红烧鸡块"等等,而我每次推开门,看见马诗歌捧着一本菜谱,光着膀子系着围裙,在厨房跑来跑去时,我才觉得那是真正的爷们和性感。

　　现在,因为工作的关系,马诗歌已经很少下厨,换成了我丫师傅扛起做饭的大梁,而我从尝试到失败到认真学习到做笔记,现在也练成了一手好的"湘菜厨艺",并且近期还准备购入烤箱和各系美酒,向着烘焙和调酒晋级。

　　在现实生活中经常看见80后

的小两口因为谁做饭，谁洗碗，谁擦地洗衣的小事闹得不可开交，其实又有什么关系？男人们，在辞旧迎新的21世纪，不要让在社会中激烈拼搏的女人们还得背扛家庭，死守厨房。而女人们，也不要仗着独生子女的公主病，期待男人事业家庭两不误，天天被老板摧残完还得回家包干家务。

生活是两个人的生活，日子是两个人的日子。煮妇还是煮夫又有什么关系呢？

男人占领厨房，女人专注品尝，学好酱醋茶，走遍天下都不怕

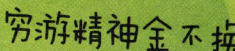

穷游精神金不换

学生时代的旅游，"抠抠"才是硬道理。

 马诗歌说

什么样的旅行能够让人记忆深刻，不是椰林树影、水清沙幼，而是以省钱为第一要义掰着指头精打细算的穷游方式。"穷游"有个闺蜜叫"麻烦"，她俩总是成双入对双宿双飞，结果记忆中并非总是"男女游客愉快地在景区门口摆出2的手势"这样的平淡和程式化。

在大理，我们看到风和日丽水平如镜于是高高兴兴去坐船。为了省钱我们没有坐大船而是坐私人小船出游，谁知船到湖心风起云涌，小船在风浪中颠簸不已，不善摇摆的我们在左摇右晃的船中一路欲吐还休，我死死地抱住船头的一根杆，以疑似钢管舞的姿势一路有规律地一上一下，叫苦不迭不说，洋相也出尽了。

在大连，我们一大早要赶回程的火车，我提前就开始琢磨，如果只睡6个小时却要付整晚的房费太划不来，掐指一算，找个便宜的KTV刷夜比住店便宜多了，所以我们就去了KTV，在一间小小的包厢内苦苦支撑，隆隆的音响声中连个盹儿都打不好，结果丫溪又疲又倦引发肠胃不适，上了火车喝啥吐啥十分狼狈。

在张家界，为了省20块钱下山车费，我们生生拦下一辆箱式卡车，可惜卡车的驾驶室全坐满了人，我们只能待在货箱里，更可怕的是货箱里堆满了货物，连门都关不上了，我们只好趴在货箱最靠近门

的地方,死死抓住门后的立杆,司机在盘山路上疯狂漂移差点没把我们给甩出去。

在苏州,为了节省旺季房费,我们放弃了青年旅舍正规的房间,全然不顾五一江南的闷热和蚊子的强大,毅然选择了最最便宜的帐篷,在露台上露宿。这反而成了我们所有旅行中最别致的"住宿"方式之一。

在杭州,我们制订了丰富的计划,什么西溪湿地、龙井等都要玩个遍,可一想到高昂的门票,还是放弃了这些热门景区。最终租一自行车,整整三天每天就围着西湖转悠,安安静静慢慢悠悠地听雨赏翠,反而别有韵味。

学生时代的旅游,"抠抠"才是硬道理,正因为省钱,很多次旅游变成了剽悍的冒险。有朋友说你们又没多少钱,还老要出去玩,何必呢。我不这么看,在没有多少钱可花的时候,如果没有说走就走的魄力,没有风雨无阻的决心,没有排除万难的勇气,路,是走不远的。两个人的旅行不需要解释,彼此就是对方的必要条件。我喜欢拉着她的手在陌生风景里闯荡的感觉,也喜欢她忙忙叨叨把行李归置得整整齐齐的样子。从确立恋爱关系开始,逢寒暑假、黄金周、小长假等,我们几乎都没错过假期赋予的神圣权利。甚至有的人生重大决定都是在旅行途中做出的。大三时我一直没有考研打算,即便到了考前关键的三个月,我仍在考研大军抢滩自习室时携手丫溪和朋友共赴江南美食游。和三位已经保送研究生的人在一起吃大闸蟹是很有压力的,人家都在聊研究课题的时候你在找工作。好嘛80元的螃蟹都在往100元的桶里爬,我为何不考考研搞搞研究呢?那就从众一次,考研吧。

如今工作了,能有一些小钱了,我们也会偶尔潇洒一把不拘小节,穷游不再是唯一的方式了,但这种跟钱无关的共同去体验世界的精神是我们能走到今天的基础。今后无论享乐也好、冒险也罢,反正左手一机(相机)一镜走江湖,右手你是风儿我是沙,那就无所谓去哪、干什么、兜里有多少钱。只要牵着手,就把旅游走得更敞亮些吧。

丫溪说

时有闺蜜向我咨询,如何判断身边男人的好坏,值不值得深度交往,能不能够托付终身,我的建议总是:和你的男人一块出去旅行吧。

其实这话,不是我说的,钱钟书老先生早就提过"要想结为夫妻,先去旅行一次"。两个人在路上,面对的是一段未知的冒险,在旅途中两个人会遇见各种各样的情况,会有各种平时生活中看不到的表现和反映。遇见车坏在路上,这个男人会不会暴躁?遇见天黑你们在山间迷路,这个男人会不会惊慌?遇见你对拍照的各种要求,这个男人会不会不耐烦?这些种种你需要得知的细节,旅行都会告诉你。

现在让我回忆马诗歌的好,往往都是那些"在路上"的细节:记得在张家界的深山里,下山晚了,在漆黑一片、没有一个人的林间小道中,是马诗歌紧紧握住我冰凉的手,牵着我大声唱歌为我壮胆;记得在云南黎明的山间寨子,旅馆的厕所在没有灯的山坡上,是马诗歌大半夜被我一次次吵醒,耐心地陪我上山;记得在南京的青年旅社,我肠胃炎发作,是马诗歌连夜送我去医院输液，并守在我身边寸步不离；记得在去青岛的绿皮火车上，是马诗歌把肩膀给我当枕头，我呼呼大睡，他却一夜疼痛难眠。

我们的旅途回忆起来和飞机头等舱、豪华游轮、五星级饭店没有多少关联，但却充满了冒险和未知，溢满了依靠与欢笑，有这些，足矣。

同志们，我一直觉得一生应该多几次旅行，最好是在年轻的时候，和你爱的人一起，去一些遥远的地方。旅行不仅仅是为了去游历、看风景，更多的是在旅途中去感受你对别人的信赖和别人对你的坚守，这才是旅行的意义。

七年来，我和马诗歌虽不算游历全国吧，但也算是东南西北各有涉足，我们赏过北方的雪，观过东边的海，感受过南方的俊秀，体会了西北的豪迈。而关于未来我和马诗歌旅行的大计划，第一是丫溪的"独自全国自驾游"，第二是结婚蜜月的"欧洲背包自助游"。这个世界还有很多条路我们没有走过，还有很多美景等着我们去探寻，有很多梦想等着我们去实现。

有人说最幸福的状态是：有一个背包，一台单反，一个会拍照的爱人，和一颗说走就走勇敢的心。我很幸运，基本都有，马诗歌，世界在等我们，让我们手牵手，出发吧！

Journey never ends

有爱，你就大声唱出来！

只有那些敢爱敢恨的岁月还在，那种有爱大声说出来的勇气还在，所以兄弟们我求婚了，先走一步，让那些和爱情有关的表演，再飞一会儿吧。

马诗歌说

研一的时候遇上刚进校的师妹问我认不认识云南福娃，我说我跟他们很熟，你想打听谁没有女朋友都行。她说没有啦只是听说云南福娃的表演很特别想去看一次。我说不好意思，他们已经退隐江湖。

没错，我就是那个在广院最盛大的歌唱比赛中混迹三年的云南福娃成员之一。江湖上流传一句话说要是能在广院舞台上站1分钟，就不惧怕在任何舞台上站10分钟。我们5人组合，每年3分钟，三年积累平摊在每个人头上，约摸够1分钟了。但我们还是害怕，害怕陷入那些或纠结、或暧昧、或骚包的校园情感中拔不出来。

我们5个大男生都来自于云南，出道时恰逢北京奥运会吉祥物出炉，同是5个人，那就赶时髦叫云南福娃吧。看点不是唱得有多好或者在舞台上有多欢实，而是吐槽吐出了境界。

冷门专业的数学

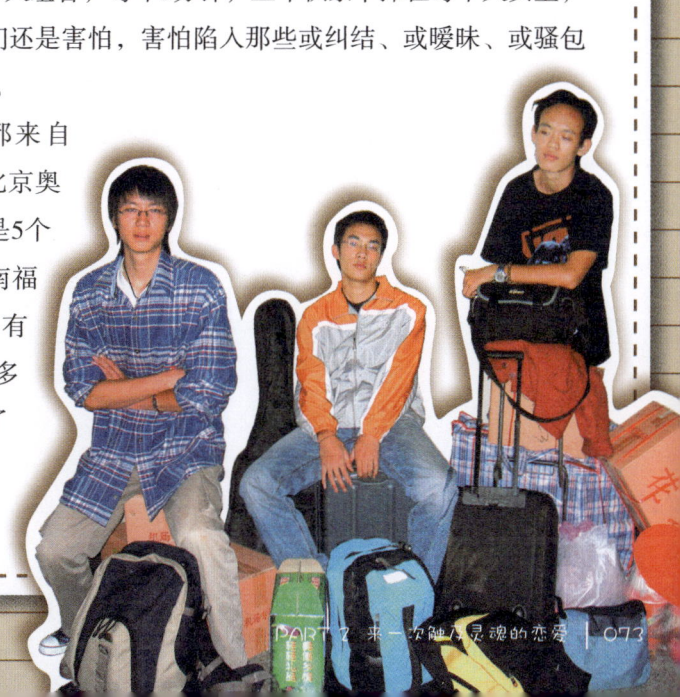

系小崔看上了炙手可热抢破头的播音系女孩，穷追猛打惨当炮灰后将《最近比较烦》的歌词充满心酸地改成了"播音的女孩总是高不可攀"；理想青年布川和优越女本是羡煞旁人的一对，但意外被甩后怨天天不应怨地地不灵，只好将《爱之初体验》唱成"现在你已经离开我，把我的饭卡还给我，反正你天天必胜客，总有人陪我吃砂锅"；恋爱中的顺与不顺，快乐还是忧伤，都被我们揉在歌词中倾倒出来了。对我而言，丫溪是我所有创作的源泉。比如初尝爱情滋味的我总是对于恼人的小别扭耿耿于怀，又不敢直接抱怨，于是把《情非得已》改成了"爱情它真的不是很容易，一不小心就耍小脾气，每天晚上电话说对不起，吵吵闹闹才是真的甜蜜"。

　　从初次登台时，成员米花叫的姑娘一个都没来，再到后来离开舞台时姑娘们的伤感。是爱情，让我们的生活变得鲜活，让表演变得丰满。当老汪在大四毕业，我们的告别曲目《广院姑娘》中唱出"Say goodbye，广院姑娘真的很可爱,我会一心一意好好爱你,毕业后也不改"时,和我们一起毕业的老姑娘们笑着流下眼泪,倒不是为福娃,而是人生中最青葱的岁月,就要随着歌声,慢慢远去了。

现如今,福娃和他们的女朋友,分的分,合的合,聚的聚,散的散。"模范"男人的袖套还在,只是服务的对象儿易其主。只有那些敢爱敢恨的岁月还在,那种有爱大声说出来的勇气还在,所以兄弟们我求婚了,先走一步,让那些和爱情有关的表演,再飞一会儿吧。

刚和马诗歌在一起没几天,他就安排了饭局,强拉硬拽地把我拖进了他的社交圈,于是在广院北门金百万餐厅的餐桌上,吃着烤鸭喝着啤酒,我认识

了马诗歌最好的哥们和老乡——小崔（崔晨韬）、布川（王博）、后子（郭昀昕）、老汪（汪悍贤）、李原（米花），那年的他们还不叫云南福娃。

个人觉得云南小伙子本性热情好客，而湖南妹子也天生热情外向，于是1女6男的生活出奇的搭。

七年来，我时刻混迹在他们身边，无论是闲聊、喝酒、踢球、拍照、打游戏，只要是局我就参加。

七年来，居家男人小崔为我做过米线和蛋挞、文艺青年布川为我拍过照

写过文、牛逼记者老汪为我剪过视频介绍过工作、闷骚小伙后子领我通宵打游戏教我昆明话、老实哥们李原陪我喝过酒说过心里话。

七年来，我跟他们合租过房子、做过饭、旅过行、看过电影、约过会、收拾过欺负我的男人、谩骂过那些忘恩负义离他们而去的女人，和他们在一起的日子，他们没让我买过一次单、没提过一次重物、没吃过一次亏、没受过一次委屈，在我和马诗歌冷场的时候，他们总是来圆场；在我和马诗歌大闹的日子，他们总是帮我出头。我只有一个男朋友吗？不对，其实我还有5个男朋友，他们虽然不是爱情上的相守，却是友情、亲情上的相依相靠。

马诗歌，我同意嫁给你，其实不仅仅是因为你的好，而是云南福娃们的热情、善良、有责任、有担当，因为物以类聚、人以群分，你的哥们如此硬汉，相信你也是百分百爷们。

姑娘们，其实我不想打广告，但就我个人经历而言，云南小伙真的超棒！云南的标签不仅有"彩云之南、四季如春、旅游胜地、过桥米线"，还应该加一个"靠谱男人"！择偶找对象时，可以多问问："请问，你来自云南吗？"

一封触及灵魂的检讨——马骁写给丫溪的另类情书

尊敬的领导……

马诗歌说

就像我们历次吵架那样,我们总是不记得为什么而吵,却总会在吵完后留下点什么。在一次莫须有的吵架之后,我被勒令进行深刻检讨。翻了翻黄历,恰好快到我们三周年的纪念日了,那就顺水推舟,来封"触及灵魂"的检讨吧。与之前的情书有所不同,这次我没二到用手写。

尊敬的领导:

今年,是我国改革开放三十周年纪念。随着经济的持续发展、社会主义精神文明的不断进步,我俩的感情也在日新月异。今天,是我和你在一起三年的日子,然而回首这三年的岁月,却发现实在很对不住你。以你的智慧和美貌,你本应该过得比现在更好。

错就错在三年前的今天晚上,躺在宿舍的我一时冲动用短信向远在高速公路对面的你捅破了那层窗户纸,而且你也稀里糊涂答应了。尽管天一亮你就及时表达了你的后悔之意并试图把当天短信上的白底黑字定性为开过了头的玩笑。换作是别人,或者哪怕是早几个月,我想我俩就一笑而过了。可惜没有早恋经历的我对这事儿本身还挺感兴趣的,加上进入大学后的几个月中的几次主动出击都不了了之,备受煎熬的心怎么可能容忍我把吃进嘴的肥肉再吐出来呢?所以我就把短信留着了，你总不能说这是你睡着之后宿舍同学没事干冒充你给我发的吧。

虽然之后的一周我俩约会的话题大致围绕在如何用既不伤和气、又不伤面子的方式把手分掉。可是我觉得还没有牵手就分手的话不太符合实事求是的精神，于是在去看李咏大叔主持的《非常6+1》现场录制的过程中向你提出牵手的建议，这样才能让分手变得踏踏实实、有理有据。但是牵完之后我又觉得有种心跳的感觉，比我的左右手相互摸来摸去感觉要好。所以只要我们还没协议分手，那牵一下也不违法乱纪，于是我们就常常会在牵着手的状态下商量如何分手。

其实刚开始那会儿还是有很多很不错的分手机会的，比如我们俩吵架，闹呀哭呀就差没上吊呀什么的。本来剑拔弩张的时候鼓鼓勇气一不小心就能鸟兽散了，可惜我在之前也一不小心把我谈恋爱这事告诉了我的大学同学、高中同学、初中同学、小学同学以及网友。我觉得让我在他们面前变成一个"明明没本事谈恋爱还非要编造出一个来充脸"的人是没面子的。所以吵归吵、闹归闹，但在分手问题上，我俩始终没能达成共识。

所以我把你之后受到的委屈归结于三年前的今天晚上实在是正确的。为此我感到深深的愧疚和不安。我谨向领导做出深刻检讨，但是对于这一点，我感觉我实在检讨不出什么建设性内容。假如时间倒回三年前，我估计还是会义无反顾地向你释放些闪烁其词的暧昧讯息，尽管当时的你并不是我想象的梦中情人那样"有着一头乌黑亮丽的长发"，而且我也还没能感受到你除了可爱善良活泼之外的其他激动人心的优良品质，但历史本身就是一种由必然性撑起的偶然，如果一定要在这个问题上进行检讨，我只能说：喜欢你，没道理，拐了你，对不起。

所以我只能在之后的事情上向你做出检讨：

比如我不够浪漫。每个女孩都会有白马王子情结，或多或少。那些浪漫的事会让女孩子感觉无比幸福。我常常在想，如果换作是别人，或许你每个周末走出宿舍，都会收到一束写着卡片的鲜花，在你生日或者重大纪念日的时候，有人会为你买上几箱可乐，一一去求整栋楼的同学，在寂寞的夜空用灯光为你摆出个心形。又或是在分隔两地的时候偷偷出现在你面前。这些本应该是你能享受到的，可是我往往做一些不浪漫的事，或者甚至是破坏气氛的事。比如我在路上看见你，就会躲到树后面，等你走近后跳出来，在你后边吼一声，想给你个惊喜，但你往往不是太喜而是很惊；比如我会送你熊，并一路辗转让你朋友悄悄放到你床上，正当我纳闷你为什么不对我说句小小的感谢的时候，你悄悄跟我说你朋友送你的那熊又丑又占地方；再比如我想在你来火车站看我时给你个法兰西式的旋转之拥，让车站变得浪漫满天，可是那年春运管得紧，你上不来站台，我要在8分钟内扛着一箱土特产疾奔800米到出站口，然后再跑800米回车上，于是到你面前我就抱不动你了，匆匆放下东西就往回跑，我想我一颠一颠的狼狈跑相一定跟浪漫无关了。

比如我不够体贴。每个女孩都应该享受被男朋友照顾和呵护，无论是物质上还是精神上。比如每当纪念日或是好日子来临的时候，我第一反应不是带你去优雅奢华的高档情调餐厅，而是想带你去鱼龙混杂的市场买个冰冻鸡什么的，回来加上我并不娴熟的厨艺对付出一顿晚饭，尤其还在你邀请朋友来玩的时候煮了一只让我永生难忘的鸡；比如外出旅游我总是为了省10元、20元或者追求新鲜，让你在张家界和我站在大卡车货兜里奔走几公里的山路，让你在苏州住帐篷，让你在洱海上被小破船折磨得晕头转向，让你在黎明上经受高原反应的煎熬，让你在大连露宿

KTV，让你不得不多次乘坐10几个小时拥挤不堪的硬座。在精神上，我也不够呵护你。比如在你出差的时候你问我每天什么时候会想你，如果换作别人，人家一定会时时刻刻惦记着你，而我的回答却让你很失望，每天仅三种时间会想你，饭后、睡前、拉屎中；而且我还会在你上班时把手机桌面照偷偷换成我自己；有段时间你说我老改QQ密码，是因为个人作风出现了问题，我确实老换QQ密码，因为我都不满意，当我有一天终于想出以woaiyaxi作为密码的时候，我就一直没改了。也许换作别人，这些都不至于成为一个问题，因为你或许每天从早到晚都会看到爱的讯息。

  比如我不够关心你。当我在为广播台晚会夜不能寐的时候，我都忘了问问你的胃痛好些了吗；当我为班级准备申优答辩的时候，我都想不起去买你托我去买的东西；当我赶着去拍云南福娃MV的时候，我都没在意你因为上班而没吃晚饭；当我在"广院杯"中场休息咕嘟咕嘟灌水时，我竟然不问问看台上的你是否渴了；当我通宵杀怪时，我都不知道你睡得好不好。换作是别人，你也许就是他生命中的唯一，为你抛弃一切。而我，还显得幼稚很多。比如看见美女眼神会在漂移与不漂移之间作艰难地斗争，比如看见王珞丹会不由自主想去搭讪，比如去喝酒聚餐会觉得很兴奋之类的。所以这也难怪你梦境中的我老是坏人，不是变态狂就是薄情郎，不是诈骗犯就是负心汉。不过我相信梦在大多时候是反的，所以老觉得你的梦是在变相夸我。

  以上便是我对自己错误的阶段性认识，我愿意接受领导的处分，并一定会在再教育中尽量改过自新。尽管"我改、我一定改"之类的话我说得嘴上长了茧，你也听得耳朵长了茧。但是批评与自我批评我们还是要进行下去，要对现状作一些否定之否定。奥运来了，口号是"更高更快更强"，所以我们也应该追求"更久更爱更爽"。在此我向领导郑重承诺，小错我不敢保证不断，但大错我一定不犯。

　　如果领导仍不能满意，我只能说：你可以高灯下照，敲山震虎。但贼船不是公共厕所，想上就上，想走就走。既来之，则安之吧。

　　此致

敬礼

马骁

2008年5月22日

领导批文：

　　文章已阅，该文章观点明确，进行了较为深刻的批评与自我批评，看到了作者的长远思考。将该文印发下去，在适当的范围内组织讨论。

丫溪

丫溪，嫁给他吧

2008-9-1
从本科生到研究生的转折日

PART 3

趁年轻，去经历

神马都是浮云的年代，
实惠才是小清新，
不是吗？

异地,是否恋不下去?

"异地"不怕时间长短,怕的是漫无边际遥遥无期看不到尽头,没有希望的未来,等不起。

 马诗歌说

我是一名异地恋悲观主义者。

曾经在写广播剧剧本时,为了让被伤了心的女主角离开男主角,且不让男主角再存念想,我便让她默默地含恨发奋一年,之后头也不回地踏上出国留学之路一去不返。在我看来,出国是另一种形式的死亡,和韩剧里的白血病殊途同归。

可能是没本事在高中找到对象,以至于永久错失早恋机会的缘故,我对那些高考结束后夜夜笙歌中建立起来的"久憋释放型"情感总是笑而不语:有必要么?好了还会分的呀。由于人生际遇的差别,去到不同城市的两个人必须经历相处方式的剧变。分处两地需要比常人多出几倍的毅力、财力和体力。感情基础尚不牢固,当旁边有位异性提点"这么辛苦何必呢"的时候,怎么着,还扛吗?于是误会来了,说不清了,没耐心了,懒得想了,那就散吧。越是好的朋友,越是为他着想,我就越想劝他,"这么辛苦何必呢"。

然而异地这种事情,往往不是两个人说不分开就不分开的,年轻,我们面临很多状况,两个人发展路线的不同往往会客观地形成异地恋。说来也巧,我这个坚定的异地恋悲观主义者身边很多要好的情侣都经历过异地恋,但他们最终修成正果的秘诀恰恰在于双方都在为结束异地状态而不懈努力。H兄拥有高薪而稳定的工作,女友研究生毕业后按照既定发展路线出国深造,面临异地的可能,H兄并不是"你走你的、我留我的",反而是下了巨大的辞职决心，即使不要工作到国外陪读也要和心爱的人在一起；B姐本科毕业到北京读研深造，男友南下深圳工作，三年之中，两人不离不弃，都在朝着同一个目标努力：B姐毕业后坚定地选择家乡C城的工作，男友三年来一直努力争取公司调动到C城工作的机会，共同的信念让三年的"异地"成为别有滋味的"小别"。我想，如果认定了彼此，就没有比"在一起"更重要的事了。L兄毕业的时候也回家乡工作了，但他的悲剧在于，女友问你走了我怎么办？他说"我不想耽误你，你自己考虑下"。看似很负责任的答案，实际是把问题抛出去不给解决方案，"异地"不怕时间长短，怕的是漫无边际遥遥无期看不

轻易不异地，被迫异地也要努力结束异地

到尽头，没有希望的未来，等不起。

异地增加了很多不确定性，不确定性多了，对爱情来说，难免造成伤害。我们无法把握异地恋所增加出来的意外会把未来引向好的或坏的结果，那我们就去努力把意外发生的概率降到最低。走到命运的档口，除非是有足够的结束异地的信心和行动力，我们在做重大选择的时候是否能更多地考虑对方感受？

丫溪说

马诗歌在感情生活中有几条雷打不动的原则，其中重要的一条就是"坚决不异地"。

2007年10月，我顺利保研，注定还要在广院度过三年。面临本科毕业择业的马诗歌大声呼喊着"不异地"，毫不犹豫地放弃了几家外地省级卫视的

OFFER,坚定不移地每天拿着简历投入找工作大军。其实有个小秘密要说的是,马诗歌本是个"考研恐慌者",哥们天生不爱天天向上,好好学习,但后来在每天求职之余,也开始咬紧牙关进入自习室闭关复习,其实我知道,他是为了我,为了守护我们的感情。

在求婚视频后,有很多正在经受着"异地恋"的朋友在网上给我留言,也向我询问过"异地,是否真的恋不下去",抱歉我不能回答这个问题是因为我从来不敢去经历。我渴望的爱情是每天你侬我侬、你笑我笑的爱情,而不是每天

2008年,我们一起硕士毕业

隔空你说我听、你吵我闹的爱情。网上说:"睡眠的拼音是shuimian,失眠的拼音是shimian,辗转反侧夜不能寐,只因少了一个u……"惺惺相惜的人儿们,谁又愿少了一个"u"呢,"异地恋"的同志,你们都很不容易,不管怎样,还是要坚信"心和心在一起",无论何等的纠结、惆怅,还是请"相信爱情"。

虽说"两情若是长久时,又岂在朝朝暮暮",但马诗歌,我还是要感谢你"异地恋悲观主义"的心理疾病,因为你有这毛病让我们从未分开超过50天,让我们不管遇到什么选择都只坚定一条就是"不异地",感谢你在面临人生重大选择的总能考虑我、尊重我、关怀我、照顾我。

我想说:马诗歌,有你在的地方其实就是家,我们可以离开北京,可以不去长沙,可以不回昆明,可以去任何的异乡,我都无所谓,只要我们——"在一起"。

可能会成超人

不管我用什么样的节拍，弹出什么样的悲伤，我都知道世界上总有一个人会喜欢，会期待，会认真品鉴。

马诗歌说

对于喜欢把照片晒出来的同志，最想听到的就是"嗯不错"这样的好评。丫溪会把每次出去游玩归来我给她拍的照片精心的"P一P"（照片编辑），然后在收到好评后沾沾自喜：有个会照相的男朋友真好。其实，她这个男朋友何止会照相，简直就全能。

在丫溪看来，

我可能会成摄影师，因为她喜欢从我几百张失败的照片中找出她最漂亮的那张；

我可能会成华丽大厨，因为她喜欢我那为数不多的几道菜，赞不绝口、百吃不厌；

我可能会成幽默大师，因为她喜欢听我贱贱的调侃，对无聊的段子哈哈大笑；

我可能会成歌坛巨星，因为她喜欢我唱破的高音里那种不羁的味道；

我可能会成文学巨匠，因为她喜欢我的情书，把那比小学生写得还烂的字体视为珍宝；

我可能会成思想家，因为她喜欢我口齿不清逻辑不严却煞有介事地告诉她我的爱情观；

我可能会成工作狂，因为她喜欢我认真的样子，让我在眼睛布满血丝的黑夜也会用誓死不屈的悲壮豪情顶过去。

很多时候我都忍不住边挖鼻屎边感叹，我到底哪根汗毛如此出色，又能文又能武，上通玉帝，下知阎王。我发现，原来丫溪给了我一面魔镜，它诱导我去看，里边有个世界，在这个世界中有个很强大的人，看上去又很眼熟。于是每当我充满怀疑地向它发问："这么牛的人我是不是认识啊？"它就总是假假地、却让人信服地告诉我："哥们儿你又调皮了，说多少次了，淡定，就你没跑了，妥妥的啊。"所以这面能够把细胳膊照粗、赖皮肤照滑的魔镜让我充满激情、勇于尝试、全情投入、肆意妄为，因为不管我用什么样的肖邦，弹出什么样的悲伤，我都知道世界上总有一个人会喜欢，会期待，会认真品鉴。在丫溪的世界里，我总能发现自己的好，也愿意变得更好。将来可能会成超人，在厅堂上横扫千军，在厨房里打抱不平，男子汉大丈夫从此一边扫一屋、一边扫天下。只不过有时候也会抱怨，周末的大好时光一醒来就要去拖地，总让我觉得对不起早期劳动者们血泪争取来这休息的权利。还好有个慰藉，魔镜魔镜告诉我，那个内裤外穿什么活儿都能干的家伙我是不是认识啊？

剧组是个什么玩意儿

有时候会飘飘然，主动地寻求那些捎带的尊重和奉承，为自己贴上光辉的标签。

 马诗歌说

2009年10月1日晚，我在天安门广场东侧由南向北第9棵华灯前耐心等候着光立方表演最后一个篇章的完成，7万人的广场中，4000名战士一侧，1000人合唱团的后面，著名歌唱艺术家彭丽媛女士的身旁。看看工作服胸前的国旗和"国庆60周年导演组"字样，我和丫溪在绚烂的烟花再一次打上天空时拍照留念，7个月史上最长的晚会剧组生活就像烟花一样在极短时间内爆发然后回归平静，如果不是因为炮声太过于震耳，可能真会以为自己在做梦。

剧组，这是广院影视艺术类专业学生较常接触的电视产品生产机构。其含义除了大家最常联想到的电影、电视剧剧组之外，广义上还

可以包括电视栏目组、电视晚会导演组、影视广告剧组以及各种大小规模的宣传片组等等。通常来说，剧组是个不长久存在的临时项目组，在出资方（制片人）和内容制作方（导演）的统筹下，各方豪杰为了一个项目而聚在一起，项目结束后各自散去。剧组规模视项目大小及特征而定，几个人能形成一个剧组，几万人的剧组也不是没有。第一次踏进中央电视台大型晚会剧组时，我对于能够到一个陌生城市经历几天陌生生活感到非常兴奋。能以CCTV导演的身份去和人对话，这对于在读学生的虚荣心而言是种巨大的满足。以至于会在同学面前炫耀式的抱怨："哎，好几节课上不了真难受。"还非要改个QQ签名：人在外地，非急勿扰。在央视的晚会剧组，一个很大的特点就是要和各类电视上常出现的名歌手名演员名主持和名嘉宾打交道。双脚踩在娱乐圈的边缘，看圈内歌舞升平、光鲜亮丽，以为自己的世界也瞬间变得不一样。有时候会飘飘然，主动地寻求那些捎带的尊重和奉承，为自己贴上光辉的标签，可惜，泡沫经济的实质是，前一晚可能还在和明星勾肩搭背，和领导觥筹交错，第二天醒来，就已回到自己的小小出租屋，在街边吃着地沟油的麻辣烫。人啊，千万别被职业特殊性所带来的光芒蒙蔽双眼，大杂院的小老百姓，不是谁都能被达官贵人的弓箭射中，从此平步青云。

　　第一次在现场参与晚会彩排，当灯光亮起、音箱发出振聋发聩的声音时，激动的鼻血就开始不停地在我的鼻子里打转，几乎就要奔流出来了。这就是电视文艺给人带来的巨大感染力吧。剧组的锻炼教给我们很多至今赖以生存的经验和技能，比如如何跟人打交道，如何进行团队协作，如何有效表达和沟通，如何高效理解和执行，如何运用专业知识进行创作。经历过大场面后自然也会给人内心带来一份自信。然而，剧组的生活也是漂泊和不安的。我们总是奔波在不同的剧组中，即使是在同一个剧组中，也总在和陌生人打交道，即使是和熟人打交道，也总不知道这个月能有多少酬劳，即使知道有多少酬劳，也总不知道下一个月酬劳是固定的还是压根儿就没项目了。所以，那些没能正式进入电视体制之内的数量庞大的编导们常常感觉漂泊和无助，操着卖白粉的心，拿着卖白菜的收入,于是有了"上辈子干坏事,这辈子做电视"的调侃。我曾经向栏目制片人辞职时写过一句话:"也许胜利往往在于再坚持一下,但是,当走到一个不可逆的分岔路口且现实逼迫我不得不做出选择时,一条没有雾气的路似乎更容易被我和我的家人接受,哪怕通往的可能并非理想的彼岸。"说的就是理想很丰满,现实很骨感。我觉得有机会还是要尽可能多地参与剧组一线的工作实践,积累经验,树立自信。只不过想要以电视作为理想,就必须做好长期吃苦的准备了,除非,你转了正,有了编制,收入稳定,不再是一位来无影去无踪饥一顿饱一顿的黑色电视民工(简称黑工)。

2009年,在国庆晚会现场

在草原拍摄电视节目外景时突然遇到下雨,寒风瑟瑟中把大垃圾袋往身上一披就接着干活儿了

养猫"育儿经"

布纸小盆友,

爸爸妈妈爱你哦,我相信有一天你也会开口说话,说你也爱我们,对吗?

微博地址:@布纸小盆友

马诗歌说

我和丫溪有个孩子,不是男,不是女,是只猫,名叫"布纸"。

布纸小朋友从朋友家里出来时已经两岁多了,第一次进入陌生的家门异常害怕,从布兜里放出来后全身僵直,尾巴拖在地上,缩手缩脚仿佛连路都走不明白了。它耷拉着脑袋,四下张望,确定自己暂时安全后"滋溜"一声猛地扎到沙发底下不出来了。不管我们拿猫粮勾引它,还是把猫粮和水推到沙发底下,还是索性出门营造宽松无压的就餐环境。时间一小时一小时过去,焦虑一点点一点点上升,布纸小朋友颗粒不食,滴水不进。它竟然会用绝食来抗议主人的变更。当我们即将承认自己无德无能准备把它送回去时,整整36个小时,姐们儿终于贵开尊口。艰难而漫长的开头,不是吗?

布纸天生和被子过不去,它不躺在被子上,不躲在被子里,它只喜欢踩被子,转着圈地踩,猫不停蹄地踩。早上醒来如果听见被子嘎吱嘎吱声,那都不用睁眼,一定是布纸干的。我们在它刚来第一天就定下规矩不许上床,但没过多久就坚持不住了。有一天回家晚了又累又困急欲躺倒,布纸小朋友气定神闲悠然自得地霸占了我的位置,让我大为光火又被其神态萌住,不忍赶它下床。它总是含蓄地表达着自己的情绪,绝不主动亲近,有时候我们太过于主动它还

会立即跑开让人觉得寒心无比。它只是在我离家上班时在远处静默的目送我离开，也会在高兴时跳上沙发躺下等你过去摸它。有一次喝多了躺在沙发上竟然睡着了，醒来发现布纸小朋友睡在了我旁边，小爪子还握住了我的手，竟然让我有些受宠若惊。我曾试过像训练狗一样让它在吃饭前学会先握手，但毫无建树，也曾试过让它传承猫叔的绝学没事顶个啥，也不成气候。但有一点我特别信任它，就是无论如何揉它捏他，它都不会攻击人。不会一口咬下去，因此也侧漏了很多霸气。吃西瓜时尤其狼狈，一小块西瓜一口吞的事，被它舔舔舔，舔出10米以外，还是吃不到，最终只能放弃了。

有一次连续三天外出，回家看到布纸一脸怒气委屈可怜的样子心中甚是不忍。看来，它那含蓄的性格还是有耐不住寂寞的时候。为了让关注喜欢它的那些哥哥姐姐们方便看它，我们特意开通布纸小朋友的微博。也许，它也期待成为猫叔的那一天。

丫溪说

我养过不少狗，从京巴到德国猎犬到拉布拉多等等，在养狗这个问题上我自认为还算有点体会，攒了点心得，而在养猫这个事情上我是头一次。或许是因为我属虎，从小到大一直长到24岁我都不太喜欢猫，我总是主观地偏向于狗，坚信如果遇见猫狗大战，奸臣都是猫，好将都是狗（我以前是多么的武断啊！！），当然，现在我的想法可能要反过来了，因为，布纸改变了我。

在收养布纸之前，马诗歌曾经教育我：养猫不同于养狗，得看缘。"缘"这么玄妙的词用在养猫上，我还头一次听见。啥叫"缘"？如何判定我和哪只猫"有缘"，这实在是捉摸不透。直到2011年3月的某个深夜，我俩驱车在狭小的胡同里七拐八绕，像搞地下活动一般与布纸的"前妈妈"对上口令，当马诗歌把一个灰白色毛茸茸的小东西放在我的怀里时，它瞄了瞄我，我看了看它，在那一瞬间我感受到了什么叫"缘"。我对布纸泛滥的感情就从那一眼开始，一眼万年啊，从此就让我走上了"猫奴"的不归路。

布纸什么都好，就是有个毛病，我们赠它绰号——"胆小如鼠"。刚到我们家时，生生躲了36个小时不吃不喝不拉，后来熟悉了，也依旧是趴在沙发底下悠然自得，没事懒得搭理我们，而姐姐我就一晚一晚的跪在地上，恳求地、可怜地喂她吃喂她喝。可能是我悉心的侍奉感动了天感动了地感动了布姐，终于，在4月我熬夜写论文的某个夜晚，它主动出来了，蹭蹭我的腿，闻闻我的手，冲我小声地叫了俩

嗓子，然后趴在我电脑旁睡着了，在那一瞬间我感觉到它认可了我，它是在陪我。

除了绿色植物，我和马诗歌没有共同养育过什么活物，布纸是第一个。在照顾布纸的过程中，我和马诗歌也有分歧，比如应该几天给布纸喂一次罐头，比如许不许它上床肆意妄为，比如能不能给它洗澡，比如它犯错了能不能棍棒教育等等。虽然分歧不止，吵闹不断，但在布纸来我家的半年里，当它从一个小不点长成了大肥猫，当它从一个胆小鬼变成了半个冒险家，我相信我和马诗歌的养育计划是成功的，布纸教会了我们许多，让我们有了耐心，让我们体会了责任，更重要的是让我们学会了爱。

布纸小盆友，爸爸妈妈爱你哦，我相信有一天你也会开口说话，说你也爱我们，对吗？

既然要结婚,挣钱才有家

神马都是浮云的年代,实惠才是小清新,不是吗?

马诗歌说

作为受到命运眷顾的人,我十分感谢我的父母,用他们的勤劳和智慧为我创造了衣食无忧的生活环境。让我可以不去嫉妒花花世界里那些地位和金钱的象征物,也让我无须为了过上某种让别人看上去光鲜的生活而放弃道德、尊严和信念。对于婚姻而言,我相信激情、信任、尊重、关爱这些情感会是我们长相厮守的核心,但我也相信,只有经济基础牢固,才能为这些爱情范畴里的上层建筑保驾护航,越走越远。现实中有种无奈叫裸婚,对于女孩而言,理性地看清裸婚所要面临的困难之后再接受裸婚就是伟大的,她不浮华虚荣,不期待过高的物质条件,凭着一份真爱把未来赌给了她心爱的人。但对于男孩而言,裸婚是份沉甸甸的信任。

女孩愿把后半辈子交给男孩,是为了将来一起去看流星雨而不是一起去过苦日子。男孩需要告诉女孩的是,他日后会为两个人长久的幸福而去努力去奋斗,让他的女

人过得更好。所以，不管物质条件的好与坏，有没有房或车，都不重要。重要的是能不能许给对方一个越来越好的未来，并且将来脚踏实地让生活一天比一天好。

  我和丫溪并非裸婚，但我们也同样在为生活而打拼。我们当着幸福的房奴，为老板少发几百块钱而生气，为葱姜大蒜涨价而抱怨，为下个月凑不凑得齐房贷而揪心。同时，我们也在精心呵护着自己的小家，为它添砖加瓦，为它起早贪黑。我们为彼此的每一分进步而高兴，对越来越好的生活充满信心。丫溪说，她很想和我一起去吃"金钱豹"（北京一家高档自助餐厅，学生时代的奢侈饭馆）。我们找过很多值得庆祝的日子，每次答应完临去之前，我还是反悔了把她领回了家里，烧上一锅红烧肉，做上一顿黄焖鸡。其实，还不至于吃不起一顿自助餐，只不过，神马都是浮云的年代，实惠才是小清新，不是吗？

马诗歌说

婚前模拟自测题

丫溪同学,我们经过了长时间的爱情漫步,我们即将开始以新的身份面对彼此,尽管在此期间你已经对我非常了解,但结婚不光是爱情说了算的,我觉得往后几十年这么走下去,我们要有享受美景的心情,也更需要共渡难关的耐性。下面为你度身定制了一份模拟自测题,看看你对和我一起去走人生剩下的大半辈子,有没有足够的心理准备。

丫溪同学:

1 你是否愿意在未来经济拮据之时克制你的购物欲望?尤其是你的帽子、包包、鞋、化妆品等,风格各异包罗万象,办个展览都能凑一个厅,再怎么新款,想必也一直在模仿而很难有所超越。

马骁同学,我一直坚信的人生守则是"我负责貌美如花,你负责赚钱养家",所以婚后生活,只要在经济范围允许之内,我依旧希望美容、美发、SPA样样不落。当然,如果遇到家里经济拮据实在揭不开锅时,我也定当拿出为家献身的大义灭亲的精神!帽子、包包、鞋的购物指标可以删除,但化妆品咱能适当买点吗?

2 你是否愿意支持老公的业余爱好,比如在老公参加球赛偶尔忘乎所以不回家做饭你也能心平气和自己一个人吃饭?

偶尔那么一次两次的社交娱乐、逢场作戏当然是可以的,但要隔三差五就想着出去K歌泡吧那是万万不可的,重点是,如果你非要去,那也别耍单,要出门要疯卖萌好歹带着我一起啊!

3 你是否愿意在老公集中精力进行学习、工作、创作之时减免部分家务劳动，并适时端茶倒水，安排水果点心？

首先，你压根不干家务，所以不存在减免；其次，在你集中精力学习、工作、创作之时，我保证除了有鲜汤、浓茶、香甜水果、可爱点心，还会适时地为您端上玫瑰牛奶泡脚水，在您洗完脚，更完衣后，再奉上1个钟的泰式马萨基服务，这样的侍夫之道您满意了吗？

4 你是否愿意工作日早上早起10分钟或少花10分钟揉脸化妆搭衣服以便我们能更淡定地应对恶劣的交通早高峰？

我争取每日早睡10分钟，每晚多敷面膜10分钟，这样把早上的时间差补回来，以此应对恶劣的北京交通……或者，睡还是多睡会，但把揉脸化妆、早餐牛奶的时间放到路途上？你觉得哪样好？

5 你是否愿意不论酷暑还是严寒、繁忙还是清闲，都督促你自己进行体育锻炼，努力提升自己的身体素质？毕竟身体才是革命的本钱啊。

我决定婚后的首要任务是报个女子散打班，这样一来做到了强身健体，可以保卫祖国。二来练就了一身本事，日后碰见劫匪路霸或是不听话的老公，可以轻易制服，一举多得！

6 你是否愿意多做快乐事，多说开心话，每天都过得花枝招展五颜六色？

婚后生活如果每天只围绕柴米油盐、保险房贷讨论不休，那这样的婚姻生活将越来越灰暗。我会依旧每天给你一个拥抱，为你留爱的小纸条，周末一起去逛街郊游，去登山、去观景、去拍照，让我们把日子过成画！过成歌吧！

7 你是否愿意一直像现在这样把我们的朋友视为生命中难得的珍宝?

我将依旧发挥活动组织者的功能,将五湖四海、各区各县的朋友们时刻团结起来,周末一小聚,逢节一大聚。保证在七夕、中秋、圣诞、万圣等各类中西节日都策划主题特色party!从K歌、跳舞、桌球、骑马到打牌、打麻将、三国杀,变着法子的耍!长假还将召集徒步登山或是背包自驾游,永永远远和我们生命中最爱的珍宝们一起闪亮下去!

8 你是否愿意在面对人生起伏时不骄不躁,不以物喜不以己悲,以良好的心态应对世事变迁?

我知道,作为狮子座的我,以前在情绪上经常大起大落,面对世事变幻经常发飙狂怒各种不淡定,但我保证,在以后的漫漫人生路上,无论我们是住豪宅,开宝马,天天鱼翅燕窝还是流浪漂泊,风餐露宿,天天靠摆地摊过活,只要与你在一起,我就都可以微笑面对,有你的地方就是家。

9 你是否愿意真心对我爸爸妈妈好?他们其实特别想有个贴心的女儿,能比儿子更顾家,比男孩更细致。

马上,我就将有两位爸爸、两位妈妈,不再有你的我的之分。我将永远关心他们、照顾他们、体贴他们,哄他们高兴、逗他们乐,与爸爸们谈心聊家常,带妈妈们逛街美容,永远做四位老人的贴心小棉袄。

10 好了,最神圣最经典的一句来了:你是否愿意做我的妻子,无论是顺境或逆境,富裕或贫穷,健康或疾病,快乐或忧愁,你都将毫无保留地爱我,对我忠诚直到永远?

这个……婚礼上再说吧!

丫溪说

马骁同学，虽然你已经通过求婚视频在广大网友面前表达了对我爱的誓言，而我也在广大网友面前对你做下了爱的承诺。但在我俩走进民政局领出小红本之前，在我俩的户口卡还未合成一家时，所有的事情都还不算板上钉钉。打比方如果我能活到80岁，那么在以后55年的漫长岁月里，我到底要不要和你携手走过，要不要和你共同面对柴米油盐酱醋茶，要不要跟你生个娃还得拉扯长大，要不要让你见到我乱发素颜以及将越来越爬满皱纹的脸，我还在认真考虑。为了让我们的婚姻能够踏实美满，为了避免不必要"误入歧途"以及"上错花轿嫁错郎"，我也特地为你定制婚前自测题一份，你的成绩将直接影响到我最终的判断，请认真回答。

P.S.善意地提醒你一下，这是对你的考验，答题时小心点，三思而后行。

1、你是否愿意在婚后改改你那"耍大爷"的独生子女习性，帮我承担一些家务劳动，婚姻生活不是只有嘴上的甜蜜心里的誓言，而是更多的生活细节。家务劳动不会做不怪你，但不勤快就是你的问题了。婚后的你能否保证不乱扔臭袜子，不在衣柜里乱翻衣服，用过的垃圾及时扔掉，吃饭的碗及时刷洗，偶尔帮我擦擦窗子擦擦地，你可以吗？

赤裸裸的控诉！我哪敢说半个不可以，行吧，咱可以把这几条换算成money，犯一条扣一份零花钱，以此激励自己完成任务。

2、你是否能保证在老婆逛街时时刻陪伴左右，拎包掏钱，不能有丝毫不耐烦行为；在老婆打牌时要消夜点心，随传随到，不能有翘班外出行为；在老婆K歌跳舞时，要如沐春风，赞叹不已，不能有不理不睬行为；在老婆熬夜工作时，要悉心伺候，不眠不休，不能有事不关己的行为？

这不是1题是4题！太欺负人了！

逛街时尽量找有凳子沙发的店去逛哈，陪同的时候微博还是可以上一下的对吧？

娱乐事业要做大，定不敢无故迟到缺席。过两天我就去买一手铃，K歌跳舞时随身自备，你唱或者不唱，喝彩就在这里。

尽量别熬夜啊，多伤身体啊我都看不下去了。

3、我听说女人怀孕时都有各类综合征，你是否愿意在我十月怀胎时忍受我可能出现的种种情况，并且在我生产后积极鼓励我瘦身美容成为靓女辣妈，而你要时刻怀抱孩子，身背尿片、奶瓶，勇敢成为最佳奶爸？

我已经对突如其来毫无理由的暴打怒骂宠辱不惊，所以10个月应该小事一桩，甚至可能要做20个月的准备呢对吧。另外也从现在开始锻炼，让胸肌、腹肌、叉腰肌，肌肌给力，能背能抱能抗能顶，因为有可能背一个抱一个呢对吧。

4、你是否愿意在未来的日子里，不管我是25岁、35岁还是75岁、85岁，不管我是年轻貌美还是皱纹满面，你都会每天面带笑意，发自肺腑地赞美我、爱慕我、表扬我："媳妇，你真美！"

单从相貌来讲，有人说男人总是喜欢28的，不管自己是25岁、35岁还是75岁、85岁。也许我成了糟老头后仍然免不了俗会向28芳龄的妙美女子投去注视的目光。但你

要相信，我已经对着同一张脸生活了那么久绝对不是因为你的相貌倾城倾国，而是因为你言行举止德智体美劳各方面综合起来形成了一种独特的魅力，这种魅力让你看起来总是那么的新鲜有味道。所谓情人眼里出西施，其他人再好看，于我无关，入得了眼入不了心。而岁月这把杀猪刀，无论再锋利、再无情，你的魅力已经给你贴上一层防划保鲜膜，如果将来你一直都是现在的你，善良、活泼、直率，那么没有什么能够破坏你在我心中与时俱进的西施形象。

5、你是否愿意在我们俩争吵有矛盾时，能做到大肚能容，对所有的指责虚心接受，可以不用跪地求饶、求主开恩，但至少得保证骂不还口打不还手？

保证君子动口不动手，口还是要动的，不然靠什么来表忠贞呢？

6、在未来漫长的婚姻生活里，你能否保证不要因为工作辛苦、生活忙碌而丧失掉你那激情且充满创造力的心。不管我们是18岁还是80岁，都还能时刻为我制造小惊喜，带我共享小浪漫？

工作的要义就是让生活更有乐趣，我会谨记这条真理。有爱，自然有动力！

7、你是否愿意爱惜我的家人，疼爱我的弟妹，珍重我的朋友，努力成为我爷爷奶奶的好孙子、我爸爸妈妈的好儿子、我弟弟妹妹的好哥哥、我狐朋狗友的好兄弟？

我很荣幸我的家能够再一次四世同堂，很高兴有了前所未有的弟弟妹

妹，我无论在昆明或长沙都要做个好儿子，你的狐朋狗友哪几个漏了网现在还不是我好兄弟的赶紧报名。

8、你能否保证我们的孩子无论男女、无论美丑、无论聪明或愚蠢你都会宠爱有加，你不能溺爱他/她，不能打骂他/她，你会为他/她拍照，你会为他/她制作视频，无论何时，你都保证给他/她一个完整而温暖的家？

我希望他/她能是普通人，身体健康，智力不高不低，运气不好不坏，有随大流的性取向，有中等偏上的长相。不需要多大的成就，也不需举世瞩，只需他/她在自己的人生轨迹中活得幸福、平安、快乐、精彩。就像爸妈妈所给予我们的那样，我保证给他一个完整而温暖的家。

9、你能否尽量在未来不比我先离开人世，保证有我的地方就有你，不让我一个人孤单度日？

如果我给你下了保证，那我就是骗你了，天有不测风云，人有旦夕祸福，2012玛雅预言是真是假咱尚不明了。所以珍惜当下是多么的重要可贵。我只希望未来世界和平、社会稳定，能够让美好不被惊扰。

10、马骁，你是否愿意执我之手，与我偕老？

三、二、一，走着。这时候音乐应该起来了。

2011-2-2
从春节起,史上最牛求婚亲友团大动

PART 4

哥们姐们有一说一

因为你们,
才让我遇到了坎坷之后的绚丽彩虹,
由你们而始,
也愿与你们同行。

硕果仅存的一对

两个人在一起，并非是1+1=2，或许，更应该是0.5+0.5=1，收起各自的锋芒，迈向同一个方向，或许才是爱情维持长久的不二法则。

视频台词 虽然他现在还经常找人聊QQ，但我敢保证，他真的没有聊人生，很安全。

我与马诗歌既是高中时隔壁班的同学，又是大学时同一层宿舍的哥们，还是同居两年的室友，更是一个栏目组的搭档，他的一举一动，八卦轶事也基本一清二楚。这几年，荒唐，搞笑，行为艺术的事情，马诗歌并没有少干，不过，最传奇的还是和孙丫溪的这段恋情。这段感情，用几个关键词，就能形容出它的传奇：人生初恋，七年长跑，完美求婚，缔结连理。

如今，我常和朋友们说，不管张柏芝和谢霆锋怎么样，如果马诗歌和丫溪不成，我就真的不相信爱情了。回忆大学时光，我们云南福娃五个兄弟曾经各自带着自己的女友，十个人凑齐满满一桌，谈天说地，胡吃海喝。然而，时至今日，当时牵手的人，只剩下马诗歌和孙丫溪依旧还和和美美，其余的，皆已经劳燕分飞。仔细想来，在当时我们五个人的爱情中，只有他们两人在一起时是最真实，最自然，也最能够相互体谅的。或许由于我们几个云南兄弟天性温和、随遇而安，在面对两个人的关系时，常常为了迁就对方，而放下自我，不过，如今停步回首，却发现只有那一对用最本真的一面，面对彼此的人，还在携手相伴。

崔晨韬　马诗歌高中同学，7年情感见证者

马诗歌和崔晨韬

　　虽然携手七年，马诗歌和孙丫溪也不时因为生活琐事有些争吵，但我能真切地看到，在自我与对方发生矛盾时，他们更多选择的是理解与妥协，在用真实面对彼此之后，也能停下脚步，看向对方一眼，辨明路在何方。这让我想起了一句话，两个人在一起，并非是1+1=2，或许，更应该是0.5+0.5=1，收起各自的锋芒，迈向同一个方向，或许才是爱情维持长久的不二法则。

　　别人常遇七年之痒，而他俩却于七年之际步入婚姻殿堂，作为看着他们一路走来的兄弟，唯有期望在之后的每一段路，我们这帮人都还能欢聚一堂，把酒言欢。当然，除了祝愿，对于他俩，我还有一句附加的感激：因为你们，才让我遇到了坎坷之后的绚丽彩虹，由你们而始，也愿与你们同行。

青春就该大手笔

我欣赏这样的大手笔，挥洒青春，让爱永恒。

视频台词 同意孙丫溪嫁给马骁的同学，请举手！

4分48秒，求婚视频当中人数最多、场面最宏大的画面片段出现了。事后马诗歌说他非常惊讶于我为什么愿意下这么大心力去拍摄这段视频，我告诉他，青春，就该大手笔！

2008年，通过几番艰辛的努力，我如愿地考取了中国传媒大学的研究生。我感觉，我的春天来了。开学时全体同学聚会，我认识了马诗歌。说来也巧，初次见面他就把我的姓安到了一个流行的网络语中，给我起了外号——雷人。从此，我在我们班有了新的名字，好听易记，并且"家喻户晓"。

马诗歌夫妇有着让人着迷的凝聚力，或许是因为他们很早以前就开始租房住，有了一片自己的小天地并慷慨地贡献出来作为大家联络感情、相互交流的据点。我在北京收到的第一份同学家的邀请，就是去视频当中1分10秒他俩吃饭的地方，广院西街某小区。貌似吃了很多肉，但这不是重点，重点是，我，有了组织。

我比马诗歌和丫溪提前一年毕业。马诗歌送我去北京西客站，我离开了北京，离开了我的理想，也离开了我当时的爱情，来到南宁，成为一名普通的高校教师。2011年4月的某一天，马诗歌的电话，打

雷盛廷 求婚视频最大场面制造者

破了我几个月来平淡的生活。马诗歌说他要求婚了,他要给丫溪一个意想不到的超级震撼。老弟,你是个有心人,你想到的就一定会去做到最好,我几乎都能猜到你会有多大阵仗,于是我兴奋了,我也要给你来个大手笔,让你们绝对震撼。

　　第二天《导演基础》课,我早已准备好提前下课。安排好了学生摄像,安排好了台词,我们开拍了。学生是最可爱的人,他们极度地配合,表现出了上课从未有过的激情,让我大开眼界,用宋丹丹的话说就是:"那场面,那气氛,相当壮观!"这让我激动和兴奋。我们一共排演和拍摄了三四遍,终于有我们彼此都很满意的画面和调度。全班52人为你们送上祝福,连我都没想到,我就这样把学生们带入了一个未来火遍大江南北的视频中。这绝对是一次永生难忘的经历。

　　我预订的去北京的机票正巧和马诗歌向丫溪求婚的大好日子是同一天,我非常幸运地参加了他们的求婚现场。只记得当时女生哭得稀里哗啦,以及马诗歌那颤抖的双手……如梦如幻。马诗歌的求婚大计完美上演,比我想象中更加宏大。我欣赏这样的大手笔,挥洒青春,让爱永恒。

马诗歌和雷盛廷

亲友祝福是怎么炼成的

所有的景色都不要了,所有的景致都不讲究了,只要能拍出一段能用的就谢天谢天。

视频台词 为了其他家庭的幸福,丫溪,你就嫁给他吧!

巴黎时间2011年4月5日,马诗歌突然在网上出现,于是求婚这件事便随着海底光缆从北京一路炸到了巴黎。

之后的几天里,我们俩每天都在想怎么拍这段视频,说什么呢?讨论来讨论去,最后决定:还是拍的那天看心情吧。

2011年4月10日星期日,我们俩带着一个小相机出门了,巴黎四月的阳光暖而不烈,午后街道的每一个角落都可以定格成一幅印象派的画作。为了突出求婚的"国际化",我俩直奔埃菲尔铁塔——法国的象征。40分钟之后我们俩从地铁里钻出来,铁塔下面的战神广场上,游人如织,绿草茵茵,蓝天白云,阳光明媚,怎么拍都是美!可是……可是刮大风!刮大风也要拍,总有风停的时候嘛。于是我们俩找好角度摆好机器,我要一脸阳光笑成一朵花,铁塔要雄伟壮丽妖娆无比,"开始!"我就叽里呱啦的说了一大堆。可是……可是相机居然播不出来,完全看不到拍的怎么样。

为了保证拍出来的东西好看,唯一的解决办法是多拍几条,于是我们俩换各种角度,近景,远景,

邢雪和她对象周国云

走着的,定着的,坐在路边的,站在草地上的,有街道的,没有街道的。折腾了整整一下午,他的脚走疼了,我也满头大汗。收工!

到家的第一件事儿当然是在电脑上倒视频,看看拍出来的效果怎么样。结果20多段视频竟然没有一条能用!有的焦点不稳,有的听不到声音,最夸张的有一个放在草地上仰拍的居然没有拍到我们俩的头!全部作废。

眼看太阳西斜,手中的车票还提醒我要赶晚上去德国的车,于是我们俩在双双崩溃的情况下架起机器在家拍,所有的景色都不要了,所有的景致都不讲究了,只要能拍出一段能用的就谢天谢天。到我们俩拍的最后一条,两个处在崩溃边缘的人,一个人已经乐不出来了,另外一个已经抓狂的要挠门了,镜头里唯一淡定的就只剩下我们俩的猫咪了。这条虽然也并没有让我们俩觉得很满意,但是不求有功,但求无过。就是它啦!

这段没有任何巴黎风情的小片当晚飞越大半个地球回到了北京。

再次提起它就是求婚成功的那天了,北京的大家像炸了锅一样的再谈论这次惊天地泣鬼神的求婚行动,而我们俩也很荣幸地被不少人提起,说我们俩的惨状成为当场最大笑点。哈哈哈,能为大家带来这么多的快乐我们俩也值啦!

邢雪和对象周国云,马诗歌大学同学,
巴黎发回的最远距离祝福

缘分是个奇妙的东西

珍爱每一段与你们同行的旅程，年轻时的我们即便一无所有，但却拥有共同的青春和快乐的记忆。

视频台词 亲爱的，从你第一天和马诗歌在一起，我就觉得你们是天作之合。

亲爱的丫溪：

终于在微博上看到了你们的婚讯！作为七年的同窗密友，见证了你和马诗歌从相识、相知到相恋的点点滴滴，如今六年多的爱情长跑终于要奔进婚姻的美丽殿堂，真是由衷地为你们高兴！

总觉得缘分是个奇妙的东西，它似乎早就在冥冥中注定，却总是在不经意间悄然而至。我想，你同马诗歌的缘分便是如此。印象中，恋爱的那天晚上，你独自一人在宿舍阳台和马诗歌通了好久好久的电话。是兴奋？是羞涩？是紧张？是忐忑？我猜不到你当时的心情，但从那一刻起，我却无比坚信你和马诗歌将是天作之合。就如同让你们结缘的学校广播台"阳光不休假"节目组这个名字一样，你们携手相伴的日子里总是充满了不休假的阳光。

每次回忆我们在一起的快乐时光，我总会情不自禁地感叹，有你们这样一对好朋友真是幸运。想想2006年的大连之旅，有阳光、有沙滩、有海鲜，也有长

杨怡静和对象李翔 见证七年感情历程

途跋涉后狮虎园外的"到此一游";想想2007年的苏州之聚,有园林、有古院、有帐篷,也有夜半三更山塘游的画意诗情;想想2009年的丽江之行,有小桥、有流水、有雪山,还有四处寻觅小柴鸡的饕餮身影;再想想2010年来的周末小聚,有火锅、有零食、有游戏,更有"找朋友小组"独一无二的欢声笑语。珍爱每一段与你们同行的旅程,年轻时的我们即便一无所有,但却拥有共同的青春和快乐的记忆。

　　总跟你们在一起,不仅是喜欢你们的古灵精怪、热情活泼,更加欣赏你们的浪漫多姿、才华横溢。2011年5月,我按照马诗歌的嘱托,佯装邀请你们去看话剧。当你沉浸于精彩的话剧演出时,可曾知道坐在你身边的马诗歌有着怎样波澜起伏的心情?当话剧结束时,主持人神秘地告诉大家,今天将有一个特别的仪式,聪明的你立马扭头问我是不是有人要求婚。一时间,我竟被你的聪明问得手足无措。当剧场里再次暗场,舞台播放起马诗歌为你精心制作的求婚视频时,你瞬间被感动得潸然泪下。当马诗歌在舞台中央邀请你登台时,我本打算牵着你的手,徐徐向舞台走去;但就在那一瞬间,我改变了计划,我应该拉着你的手,快步向舞台奔去,因为奔向幸福是你和马诗歌一路走来的声音。

　　一场幸福的恋爱就应该像你和马诗歌这样,就算有时吵架,就算有时生气,就算你也曾嚷嚷着说要分开,也会坚定不移地在一起。一场美好的恋爱就应该像你和马诗歌这样,就算彼此很忙,就算彼此很累,也会不断地为对方带来温馨与惊喜。我知道,你和马诗歌谈了一场永不分开的恋爱,就算有一天两鬓白发,步履蹒跚,你们也会一如既往地走下去。因为拥有彼此,珍惜彼此,所以爱的感觉一直都在。

　　深深地祝福你们!

爱你的杨果果
2011年10月

今夜,请让我们严肃地谈谈爱情

爱情这玩意儿,还真的很有点儿意思。

阔别"80后文坛"三年,阔别大学校园亦三年,被现实裹挟以至于无暇舞文弄墨的我,在这个秋风瑟瑟的夜晚,关上房间里所有的灯,只就着电脑屏幕的微亮,应老友之邀写下这文章。画面略显矫情,但话语相对诚恳,尽管时而断线,但仍想严肃道尽,只因:在这样的时刻谈论爱情,于我已是无比奢侈,想到老友的幸福,心底升腾起的温暖便无限丰盈,虽然是借题发挥,但又好似自白之说。爱情这玩意儿,还真的很有点儿意思。

也许从剖白自己开始,是最佳的表述捷径。

实话实说,我谈过不少恋爱,相对于老友的"一站到底",我基本上属于"站站停车",不知情的人会谓之"滥交",知情的人会谓之"花心",其实表达的是一个意思,也就是我这人在对待爱情这事儿上,作风不端正,态度不认真,拿老一辈的话说叫"玩弄感情",但其实有很多不能说的秘密导致了这样一个情况,暂且按下不表。恋爱对象更迭的最多阶段,便是"人不文艺枉少年"的大学时期,大多数人属于"先有感觉后恋爱",而我属于"先恋爱再找感觉",感觉对了,走得长一些,感觉不对,撒丫子跑路。有深深地伤过别人,也有被深深地伤过,父母归之为报应,我不以为然,只是在恰当的时间遇到了不恰当的人,或是在不恰当的时间遇到了恰当的人,无论找何种理由,结果只有一个,且大抵都是我的错。

如果说,"60后"谈恋爱是拿年计数的话,那么"70后"就是拿月来计数,而我们"80后",大抵就是拿天计数了,更为火爆的"90后"是不是拿小时计数我不敢说,但从这个发展趋势来看,也差不多了。我们这代人中的一部分,包括我,看上一个女孩子,认识一天,决定一天,开始一天,过程之迅猛,如同长江泄洪,但绝大部分的结果是:结束之迅猛,也是驷马难追。不是被不靠谱的爱情试验,就是试验了不靠谱的爱情,"不合适",成为国际国内通用理由,那怎么才能称之为"合适"呢?

每个人,包括男人和女人,对于自己的恋爱对象,其实或多或少都有一个或几个模板,见到一个人,就ABCD地往里套,然后定一个分数,看是挂科及格还是优秀。随着年龄的增长,这些模板也会发生相应的位移,同时,这个变化多端、风云际会的时代也在谋杀各种"从一而终"的可行性,爱一个人,不变,就这么爱着,爱五年,爱十年,爱一辈子,越来越成为虚无缥缈的承诺和扯淡,因为,从来没有任何一个时代像今天这样,让我们的爱情被各种"客观"所左右。

周箫 马诗歌好友,热爱用文字记录爱情,书写爱情的游吟诗人

上大学那阵儿，"客观"这个东西的成分很简单：男孩子长得帅不帅，女孩子长得漂不漂亮，男孩子有没有才，女孩子有没有德，男孩子是不是风云人物，女孩子是不是梦中情人，大抵如此。于是，相对纯净的结合，相对坦荡的恋爱，不用顾及其他。毕业了，工作了，走上社会了，"客观"这个东西开始发挥自己天然的吸纳性，且更多地集中于男孩子身上：有没有房，有没有车，家庭条件，社会背景，职业规划……昔日的风光甜蜜作鸟兽散，几乎所有的爱情落在纸面上看在钱面上，越来越多的美好被现实冲得支离破碎，不是有坚忍不拔之意志，你还真过不了这坎儿。我经常跟人开句玩笑说，很多女孩子的父母都希望孩子在大学时候冷如冰雪和恋爱这事儿完全隔离，但毕业之后迅速马上赶紧地嫁个好归宿比如富二代官三代。这事儿，整得有点儿太不切实际了，但确实是社会的普遍心态，谁也跑不了。

也许在咱们这个千年古国的漫漫历史长河中，还真找不出一个时代能和今天相比，让"爱情"这东西变得这么脆弱和举步维艰。我经常性地会听到这样那样的消息，比如这哥们儿找到了心中至爱闪婚又闪离啊，比如这姐们儿爱情长跑了七年被小姑娘截和了啊，好像全人类都跟爱情过不去，没几个能将爱情进行到底的典型，我也常问一句，抛开那些牛大发的"客观"，为什么呢？

一、任何一个人在做任何一件事时，他的行为惯性不是只看他自己，而更多的是看他的周边。所谓羊群效应，所谓人云亦云的说。周围的人都在结婚，那我结一个试试；周围的人都在分手，那我分一个看看。这个时代的感情脆度体现在：有太多的理由能把我们分开，却只有很少一部分理由能让我们继续，甚至我们都找不到那样的理由，总觉得后面还有更好的，不珍惜现在，于是乎就，咳。

二、抛开了封建时代的种种优良风俗不管，无数的家长只记住了一条"门当户对"，于是"棒打鸳鸯"的惨剧接二连三地发生，因为只要我儿子有点出息，就要怎样怎样怎样，只要我闺女有点姿色，就要怎样怎样怎样，殊不知在爱情中掌握主动权的并不应该是他们。我不敢断言，但真是觉得似乎没有任何一个时代像今天这样如此绝对地用物质基础决定感情基础，越来越多的厮守成为传说，越来越多的坚持成为童话，那剩下的风花雪月，真的就是一个个闪着泪光的决定了。

三、"我能抵挡得住我内心的变迁，但我抵挡不了周遭种种的诱惑。"《西游记》教导我们，想要修成正果，就得经历九九八十一难，少一难都不行，但现在的年轻人，抗压性太差，心理素质太低，稍微有点儿风吹草动，就动摇了对爱的那份坚持与意念，于是悲剧发生。就像，虽然都说《非诚勿扰》的男女嘉宾没一个正常人，但他们的选择至少印证了这个道理，看到男女主人公诸如号称自己只谈过一段恋爱甚至没谈过恋爱的言论，我皆嗤之以鼻，且不论其真实性，在这个万恶的爱情恐慌症时代，再怎样辩白，都不能掩盖"被亚当"的命运。

说了这么多腹黑的关于爱情的理论，终究逃不过被反问这样一个问题：那你究竟还相不相信爱情？我说，我信。正是因为如今这个时代大大提高了爱情的成本，让爱情的本质与外在的"客观"脱离得极其不正，在这个时代能够拥有真爱并且"一爱到底"的同志，才更加值得我们刻骨铭心地去学

习、去膜拜、去追捧，因为，我们这一代能够突破种种社会沟壑家庭壁垒拥抱在一起并最终迈向婚姻的殿堂，是多么难能可贵可歌可泣的一件事儿，说夸张点儿，堪比人性解放，说正常点儿，就叫做幸福。

坐在你的自行车后座、上着自习吃着泡面、穿着长裙裸着脚丫、无忧无虑无拘无束、爱久一点恨少一点的幸福，老友正拥有着并即将修成正果，祝福他，和他的挚爱，也默默地为自己祈祷，赎罪已然完成，苦旅即将结束，为爱远航，就是当下。

最后奉上个人原创的几句"80后"爱情呓语，称不上至理名言，只盼能知音共鸣。

一、不要轻易开始，更不要轻易结束，经常问自己怎么办，比问自己为什么好上万倍。

二、爱有多重，恨就有多轻，别在意别人留给你的伤痕，当你永远微笑的时候，你就永远不败。

三、不要因为"要在一起"而在一起，在一起首先是因为你们相爱，而不是因为你们需要。

四、未来无需期待，该来终将到来；过去不必掩埋，该去终将去散。

五、不要给自己设定什么"假如"，因为每段感情都不是招之则来挥之则去。

我仍信仰爱情，并为爱而生，哈利路亚。

【END】

2010-8-11
小·孙同志生日快乐

PART 5

马诗歌说

我会用劳动人民粗糙朴实的双手编织你的罗曼蒂克中国结，
让这段旅程成为你生命中新的精彩，
欢迎你踏上24号列车，
相信它一定能够载着我们的希望开往幸福终点站。

小孙同志你生日快乐

2010年8月11日记于丫溪24岁生日。

小孙同志欢迎你苦等4个月后终于和我一同搭上24号列车。作为过来人我有义务告诉你，坐这趟车时可能并不轻松。你看这连绵不绝的干旱、地震、洪水、高温、火灾、泥石流等自然灾害在沿途肆虐，球爷疲态尽显，看到气象恶魔为所欲为已然力不从心。敌人的嚣张气焰只会愈演愈烈，球爷挺不挺得住、能挺多久我真不好给你个结论以免造成你的盲目乐观或悲观。我知道你一直多么迷恋大自然的鬼斧神工，看到这样的景象想必你会黯然神伤，所以我们更应该珍惜眼前的美好时光。

当你把目光集中在车内的时候，你也许会发现大家笑脸的背后多多少少会显露出一些迷茫、焦虑和不安。原因是下一趟即将换乘的25号列车有无数个分身，于是人送外号"搞毛车"，意思是一不小心踏上去发现不是开往自己想去的地方时人们都会下意识地骂一句"搞毛啊"。不过你不用担心，毕竟我比你多思考了4个月，所以我愿意去拿这个主意，你闭着眼睛跟着哥，就会有肉吃，反正带了个骰子不行投呗。你要不信我，那到时我跟着你也行，总之别各走各的，要不然这世界太复杂，上厕所还得有人看个包呢对吧。依我现在的敏锐洞察，有些热门车的车票已经开始预售，并且想搞的人趋之若鹜。我们要想搞张座票恐怕还得努力啊。所以咱在24号车上先别光惦记着餐车啊、卧铺啊什么的，在硬座练练体力耐力，打打扑克练练脑力智力还是应该的。

说完这些你也别害怕，你看这趟车有可能途经坝上、成都、九寨沟、长沙、昆明、青海、西藏等地，我们完全可以抽出时间流连忘返一下。小酒小菜盛上，小曲小调哼上，小姐小弟邀上，抓住青春的尾巴和春夏秋冬搞点大树下河岸边洞穴里青砖旁之类的蒙娜丽莎式邂逅。我会用劳动人民粗糙朴实的双手编织你的罗曼蒂克中国结，让这段旅程成为你生命中新的精彩，欢迎你踏上24号列车，相信它一定能够载着我们的希望开往幸福终点站。

落马

2010年8月8日 记于坝上草原。

从马背上摔下来的时候,我下意识地骂了句:"狗日的!"

那疼痛的感觉到现在我仍清楚地记得,四脚朝天摔下去,腰部先着地,一声闷响,随后整个腰部从肌肉到骨头开始愤怒地疼痛。我用双手拼命支撑着试图站起来,在齐腰深的草丛中辨认我的方位。马已经没了踪影,留下飞溅在我身上的碎草,眼镜像箭一样从脸上挣脱,视线一片模糊,视野里看不到任何人,我想呼喊,但气走到腰处就被疼痛打压回去。腿一软,我躺倒在草丛中望向天空,湛蓝无比,片状带纹理的薄云把天幕装饰得极富层次感,旁边小溪淙淙流淌,是幅美景。但莫非这就是我看到的最后的景色?

按说我没理由让狗日的"小崽子"得逞。它和"二黑""大个""大肚子"都是我去年来坝上就认识的朋友了,而且去年和我一路作对的也是"小崽子"。它的倔脾气和跑起来拉不住,对搭档不管不顾的臭德行在这边很有名。我第一次骑"小崽子"就被它奔跑的欲望和狂奔的速度感到无所适从,只能在它刚刚开始发力的时候就死死回拽缰绳,它才能像火车那样继续惯性奔跑很长一段距离后勉强解除"狂暴"状态。让人全身肌肉罢工屁股挂彩是"小崽子"送给我的见面礼。

富有韵律感的马蹄声越来越近,驯马师最先找到我,帅气的牛仔帽被风吹得微微上扬,手中缰绳犀利地往后一紧,马立即来了个潇洒的疾停,沉沉地呼了口气,然后四个蹄子开始优雅地踏起小碎步走到我身边。在我看来,把这个动作作为我本次骑行的收官动作应该是很满意的。夕阳西下,背着落日在金黄的草原上奔驰，扬起厚厚的碎草和泥土，在接近驿站时用播音腔沉稳地吐出一声"吁"，随着缰绳一紧，马头上扬急停，好似拿破仑征战前检阅军队后一个漂亮的定格动作。再看自己瘫在地上的样子，我很难不把这情形和狼狈不堪联系在一起。

驯马师在每次出发前，都会耐心地给我们讲解马的习性和注意事项。骑"二黑"要拿个小棍当鞭子"吓吓"它，否则不跑；"大个"喜欢尾随，别的马跑它就跟着跑，别的马走路它就不跑，不注意的话还可能尾随到别的马队里去；"大肚子"不喜欢跑，怎么折腾都慢悠悠的，所以较受女生青睐；"小崽子"是个疯子，天生狂野，不服管教，缰绳一松就容易收不住。这次驯马师特意交代，它一周没跑，膘肥力强，极易撒野。

刚给了它一个"小子你露一手试试"的信号，我就觉得"小崽子"脱离控制了。而且它完全没有"试试"的意思，而是直接开练。我明显感觉到它比上次难于驾驭，因为我尝尽了之前所有奏效的停止信号，都不能阻止它朝我并不熟悉的草域奔去。齐腰深的草丛让人看不清路况，深一脚浅一脚沟壑纵横，越看不清越着急，越着急越慌乱，在我精力完全集中在用拉缰绳制止它的疯狂行为时，双脚已经悄然脱离了脚蹬，失去平衡后的身体在"小崽子"兴奋地跳跃一个小沟时被抛向了天空，而后重重地摔在了地上，前后过程不超过3分钟。

队员们陆续来到身边，我站起来，拍拍屁股故作轻松，表示此种小伤不碍大事。但勉强撑到马背上时，我强烈地感觉到这也许真是我此次所能看到的最后的景色。腰伤不比屁股被磨破，咬牙撑撑还能走一走，马背上每一次上下运动，通过腰传递给大脑的信息无一例外是"哥们儿求你歇了吧"。于是我匆忙请队友帮我拍完唯一一张骑马照后，并不甘心地说服自己接受"今天悲剧了"这个事实。

因为去趟坝上并不轻松。这里整体温度偏低，每年10月到来年5月都有可能下雪封山，一年中适合玩的也就4个月。路途约400公里，除100公里高速外大多是山路，山中时常大雨偶有暴雨，还有20公里速度只能在20公里/小

时左右的连坑带洼碎石路上行驶。顺利的情况下也要约6小时才能到。但坝上草原奔放、野性、开阔、美丽，用它独特的魅力征服了前来探险的人们，即使交通不便、耗时很长，但每周往返于山路间的车队络绎不绝。只不过来回12小时，就折腾3分钟未免显得太不值当。但结果并不以人的意愿为转移，一小时没恢复，追不上队伍了，第二天醒来确认没有好转后收拾行李回家看医生，坝上之行草草结束。

驯马师说没从马背上摔过就不叫会骑马，在这个指标上我实现了零的突破并在队友们间名列前茅。其实我并不怕摔，而是怕摔得姿势不够优雅以至于像这次一样瞬间失去和马较劲的战斗力。不知驯马师在完成那个漂亮的收官动作之前经历了多少次惨痛的摔伤，他一定不记得自己曾经多少次潇洒地停下，但一定记得曾经每一次狼狈跌落时四周的风景。钻石背后那些切割的伤痕所折射的耀眼光芒不正是人们为之倾倒的理由吗？所以，下一次我从马背上飞落的时候，天空又将定格怎样的云彩呢？

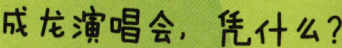

成龙演唱会，凭什么？

记于2009年5月11日 成龙鸟巢演唱会后。

  我第一次参加成龙鸟巢演唱会的策划会时，整个导演组对于如何把这个晚会办成功还没有把握，此时离晚会开演不到一个月。时间紧，任务重，我并不觉得这次演唱会能有多么成功。演出当天的实际效果和我预想差不多，舞美设计十分简单，分散的舞台分散演出让很多观众在大部分时间无东西可看。节目串联没有新意，整场演出从形式上和普通歌会没什么区别，且远不如央视专业歌会来得精致。

  然而从媒体、观众和市场的角度看，成龙鸟巢演唱会大获成功，媒体一边倒地叫好，观众因为看见了众多明星而觉得值，整个鸟巢7万多张票一售而空，主办方得名又得利。

  导师说，20世纪80年代是导演的时代，90年代末是制片人的时代，而新世纪则是策划人的时代，我信。其实，成龙鸟巢演唱会在一开始的策划会上就已经成功了。

  首先，成龙办演唱会，声势不一定大，因为一个人的影响力再怎么说也有限，况且他还不是唱歌起家的。但是"成龙和他的朋友们"就大不一样了。成龙带来了李宗盛、周华健、赵本山等知名度和号召力同样很大的真心朋友，也吸引了很多期望"攀龙附会"的不是很朋友的朋友。因此在演出阵容上变成了拼盘式的"群英会"。观众花一份钱看到了好几份钱的明星，这早早奠定了演唱会票房成功的基础。

  其次，奥运会之后的鸟巢对于中国人来说有着特殊的意义，它已经不仅仅只是以一个体育馆的形象存在于人们的心中。鸟巢本身就是一位明星，每天吸引着成千上万游客买票去参观它。何况，这是鸟巢在奥运会之后第一次

用于大型演出,那些没能到现场观看奥运会开幕式、或许对明星并不感兴趣的人也会因为演唱会在鸟巢举办而兴致而来。

再次,七个舞台的设计是演唱会成功的核心。之前两点不需要策划,他们是本次演唱会已有的优势,而七个舞台的设计是把前两点优势发挥出来的策划核心。一般来说,在体育馆办演唱会第一件事是把体育馆切割,舞台侧面和背面不坐观众,那么不管舞台耗资再大、再漂亮,至少也会损失1/4的观众。然而七个舞台使得鸟巢在卖票时可以不留空票,保证了演唱会利益的最大化,赞助商也愿意为之投钱。

最后,"信心中国"、"百名灾区孩子"、"环保"、"击缶"这些理念的植入为演唱会定下了积极向上的调子。使得演唱会较容易地通过了领导的审核,也给了媒体称赞的理由。至于这些东西观众是否能够感受到就不那么重要了。

所以,在一个成功的策划面前,尽管尽管舞美很简单,尽管串联没新意,尽管场面不热烈,观众还是因为看到了成龙、SJ、赵本山、Rain而尖叫,演唱会还是成功了。

凌晨一点,我给大家讲个故事

记于2009年2月12日 制作完节目《足球是圆的》后。

导师说,要做一个优秀的电视编导,要先学会讲故事。故事谁都会讲,但是导师对我的要求有些特别:第一,你是电视人,你的故事要面向全国人民讲;第二,你要掌握电视手段,不能用自己的嘴讲;第三,你要做一个高水平的媒体人,就不能让全国人民听完之后因为低级错误脱鞋砸你。我不明白,于是她给我介绍了一位高人,让我向他学习如何讲故事。

高人说,最近他要跟全国人民讲讲关于改革开放的系列故事,我去了正好可以帮他讲一个。他说改革开放30年我们身边发生了很多有意思的事情,旅游、出国、吃穿、教育、相声等你想讲哪个,我问能不能从我记事那年讲起,他说不行,必须从你没出生之前就开始讲起。

那我就给大家讲个关于足球的故事。略懂。

我问高人,我讲什么?他说:你不妨去图书馆看看,然后考虑考虑你能讲什么。

于是,我搞来五本书,作者或者书的主角分别是足球评论员黄健翔、足球记者马德兴、甲A足球俱乐部某官员、足球教练阿里·汉和足球运动员罗伯特·巴乔。看完之后毫无头绪,不知道他们能跟改革开放扯上什么关系。

我又问高人,我还是不知该讲什么?他说:你是面对全国人民讲,所以不要讲得太专业,要让不懂球的人也能听懂。你不如就从球迷的角度来讲,讲讲改革开放以来,球迷心态的变化。中央电视台播放过不少关于球迷的纪录片,你不妨去里边找找灵感。

于是,我开始在节目里寻找这些纪录片,从1993年创办的《东方时空》到1996年创办的《足球之夜》,再包括纪录片栏目《地方台三十分》、《纪事》、《体育人间》等，十几种栏目，一期一期找，从1993年一直找到2008年。琳琅满目，形形色色。

我又问高人，我从哪讲起呢？他说：这样吧，给你介绍牛人你去问问。

这里说的牛人有两位，一位是足球评论员李承鹏，一位是铁杆球迷——也是8848商务网的老总老榕。经过了几天的扫盲和充电，又预约了几天，折腾了近一周后，终于在一个难得的夜晚，分别给他们打了一小时的电话，总算把改革开放30年中足球界发生的大事以及当时对足球的普遍观点和评价普及了一下。

我把思路整理好后记录在纸上，准备先给高人讲一遍，看看经过牛人的指点之后，我是否有能力面对全国人民讲了。但很遗憾，高人紧锁的眉头让我脚底阵阵发凉。他说：你记的是流水账，故事要讲出内涵才是好故事，所谓内涵就是要有你独立的、富有见地的观点。

于是，我把牛人告诉我的事以及纪录片又回想回看了一遍，试图形成我独立的、富有见地的观点。终于我发现，球迷们早前是把足球和爱国看成一码事了，而今，足球只是足球，一项体育运动、一种娱乐方式而已。

我又问高人，我讲这个行不行？他说：观点还算有见地，但这个观点你不能说出来，而是要等大家听完故事后自己悟出来。所以你要确定几个主要的故事，通过这几个主要的故事来反映这样一种变化。

于是，我把牛人告诉我的事以及纪录片又回想回看了一遍，海选众多故事，最终的十强确立为关键故事，然后PK、淘汰、复活、再PK、再淘汰，最后有四个晋级，分别是：1985年球迷骚乱，1994年职业联赛启动，1997年足球职业化后首次冲击世界杯以及2001年中国男足出线成功。

我又问高人，我讲这些行不行？他说：没问题，但是讲的时候既不能用自己的嘴，还要把这故事讲生动。所以你要去找这四个时期的典型人物，把他们放到你的事件背景中去讲他们的故事，再让和你持有相似观点的专家来进行点评，从而表达你的观点。

于是，我把牛人告诉我的事以及纪录片又回想回看了一遍，发现其中有四个纪录片中讲的四个人正好符合我的要求,并且两位牛人的观点也和我的比较吻合(废话,我的观点本身就是参照了牛人的观点)。为了省事,我打算直接放这四个人现成的纪录片,然后让牛人去进行点评。

我又问高人,我这么讲行不行?他说,光有这些整个故事讲起来是干巴巴的,没有生趣。你要做两个必要的改进:第一,以纪录片作为支点,辐射多个更小的事件,比如,在讲到1985年球迷骚乱的时候,当时的新闻怎么说的,有没有电视剧或者话剧反映了当时人们的普遍心态,这种心态和别的球类运动有没有联系等等;第二,你要把这四大事件族群有机地串联在一起,形成一个不断裂的整体。

我心理暗想,费劲,太费劲了。他说,干不了可以拍屁股走人。

于是,我请到了连同牛人在内的四位见证者,套他们的话,让他们说出我需要的评论语言,这个过程通常称为采访。随后,我的时间和精力就耗在了找各种各样的"辐射"品。然而我也随之发现,这种辐射能力在我的阅历和思想水平之下显得异常困难,比如,我根本不知道北京上演过一部反映足球俱乐部黑幕的话剧,我也根本不知道曾经有部电视剧演绎过1985年球迷失控的心态。另外,不能用嘴说话的痛苦也让我的故事讲得十分艰难,比如,我想告诉大家到酒吧看球成了人们生活水平提高后一种流行的方式,但我死活找不到这样的新闻画面。

最终,在经过了20次的修改之后,我把我的故事写在了纸上,很生动,也很有见地。

我问高人,我可以面向全国人民讲了吧?他说,可以了,你把画面找齐吧。

但这一次,我真的蔫菜了,要知道,去找符合条件的历史画面,好比踢球时隐形眼镜掉进草丛中,找起来简直靠命了,远比纸上谈兵修改文稿痛苦好几遍,我自愧不如,把这光荣艰巨的任务抛回给高人了。

我心理暗想,简直就要脱层皮,就60分钟的节目至于吗?我真是要拍屁股走人了。

然后,我就去做相对轻松的晚会小跟班了。

几个月之后的凌晨一点，2008年11月的某日，这个故事终于面向全国电视观众开讲了。尽管这个故事我只能算讲了一半，讲述时间也不到1小时，并且这样尴尬的时间我也不知道有多少人会看。但是，我看得很激动，也很感动，为我自己，也为一直耐心辅导我的高人。高人的确是高人，经过他的修改和润色，最终讲出来的故事比我写在纸上的故事动听很多，在这背后的汗水和艰辛又可以成为一个故事了。

我的任务是：用半年时间讲一个我略懂的故事，讲不下去的时候，可以走。

而高人的任务是：常年讲他并非都略懂的故事。而且管你爱不爱讲都得讲出来，还要讲得好。

爷们儿，纯的！

这就是电视，你的对象是全国人民，你不能用嘴，你不能让观众看完扔鞋。

这就是电视人，你要能快速成为一个领域的专家，你要耐得住寂寞吃得了苦。

所以，谨借此机会，向奋战在电视行业第一线的所有高人致以最崇高的敬意。

论文焦了

记于2008年5月14日 本科毕业论文交稿后。

　　本人巨怕熬夜,大学阶段仅为5件事熬过夜:广播台做节目,接私活剪片子,埋头写毕业论文,和哥们打游戏,带女友唱KTV。前两者属于形势所迫,后两者属于兴趣使然,中间那个……既是形势所迫,又是兴趣使然。

　　有人说选到个好题等于论文成功了一半。我虽然不太赞同把选题的地位放那么高,但充分肯定选题的重要性。2007年有幸随校赴台湾进行交流学习,其间意外参观了台湾四大报纸之一联合报系下属地铁报 *U paper*。从此对地铁报产生了强烈兴趣,没想到最终竟成了我大学以来最为正式去研究的对象。原来,被形势逼着去研究自己感兴趣的东西竟然也是件妙不可言的事。

　　2008年的第一篇稿,比周围同学写得都快一些。近水楼台先得月,修改

2008年5月14日

2008年5月14日

2008年5月14日

意见很快下来，但二稿却难产了。中间隔了个研究生复试、隔了大学最后一个生日、隔了云南福娃"广院之春"告别演出……折腾个死去活来，其间整整一个半月没动论文。回头一望，周围同学已经N易其稿，当刮目相看。再瞧瞧自己的论文，原来自以为写得像朵花儿似的初稿逻辑不严密了，错别字一大堆了，观点不清晰了，亮点没有了。改稿似乎比写稿还难，这二稿几乎等于重写了，三稿四稿接踵而至，扑腾扑腾挣扎了十几天，直至第五稿。再不交，就焦了。

这是我大学期间最后一篇论文，却也是唯一一篇用心写出来的。突然觉得有些对不起爸妈老师和自己。

把论文收拾得漂漂亮亮交出去的时候感觉有点委屈，就跟嫁自己女儿一样，操心那么久，可马上就该靠边歇着了。倒不是说要跟论文生离死别，而是发现大学本科最后一个值得为之奋斗的事情结束了，简而言之接下来就只能是料理后事。握握这个的手，握握那个的手，相机咔嚓咔嚓，然后各奔东西。

能把"女儿"拉扯得亭亭玉立，我也算欣慰了。在这要感谢帮我一起拉扯她的好汉们，隆重介绍一下。

及时雨张彩：我的论文指导老师。最关键的时候给了我最关键的指导，就跟孙猴子三更被师傅叫出去在脑袋上猛敲三棒一样，一棒打出信心，一棒打出潜力，一棒打出热情。

智多星孙丫溪：我的闺中密友。小心思细腻得很，连规带划地给出各种修改意见，帮我理清脑子里乱七八糟的蜘蛛网。操心完自己的论文还能为我的论文再操一次心，贴心啊。

拼命三郎朱其民：我的西街妇男联盟盟友，每天早上拼了老命挤地铁上班糊口，沿途还不忘给我搜集几十份地铁报，帮助我拿到了第一手分析材料。

还有答应帮我收集台湾地铁报的台湾世新大学好友许永妍，帮我收集法国地铁报的北京中国传媒大学好友邢雪，帮我收集广州地铁报的广州华南农大好友刘文俊。虽然种种原因限制，这些报纸没能拿到手，但你们为我辛苦做出的努力我在心里默默感谢了。

最后也是最窝心的感谢给老爸老妈。远是远了点，没法让你们有机会施展现场版的爱的鼓励，但后盾的力量无穷大，理解和支持万岁。

再见新闻系。舍不得！

摄影：王博

再见"广院之春",再见云南福娃

> 记于2008年4月15日 于兄弟云南福娃们参加完最后一次"广院之春"的演出。

2008年4月11日,"广院之春"复赛,云南福娃演唱结束后依旧和往常一样向观众鞠躬,然后挥手作别,只不过这一次,他们是真的要走了。

和所有04级的毕业生一样,他们经历过大一的天真烂漫,经历过大二的热情狂放,经历过大三的奋斗沉思,经历着大四的伤感迷茫。不知道之前的师哥师姐或者之后的师弟师妹们怎样看待"广院之春"——一场嘘的盛宴?一次激情的表演?抑或是一抹不愿提起的上台经历——但是对于04级的同学们来说,这个深深打上广播学院烙印的名字或许永远会和它辉煌的50年校史连在一起。拿着北京广播学院的录取通知书成为了最后一届广院人,拿着中国传媒大学的毕业证成为了第一届上满四年的中传人。我们希望传媒大学越来越强,也舍不得广院这个亲切的昵称。"广院之春"的谢幕,告别的不光是小礼堂的舞台,也是大学四年已经熟悉的环境。

今年初赛的时候,云南福娃第一次觉得"广院之春"是如此陌生。长长的选手签到区、忙碌的工作人员甚至主持人中都很少看到熟悉的身影了。花相似而人不同,当自己亲身感受这句话的时候难免会觉得伤感,然而这也是必然的,正如他们第一次上台的时候,也不会想到比他们大两年的谁正准备和广院say goodbye。

"广院之春"对大一大二学生有着惊人的诱惑力。既想上台又怕被嘘,于是04级各专业的王博、崔晨韬、马骁、汪悍贤、李原、郭昀昕(最佳第六人)六个云南人决定一起上,取名云南福娃。结合他们在追求爱情过程中各不相同的经历改编歌曲,加上搞怪的舞台造型,把生活片段浓缩在舞台上。

没想到也因此形成了云南福娃的风格和标志：

　　一定是改编你最熟悉的流行歌

　　一定是和爱情有关

　　一定会出现"北京欢迎你"或者"健身迎奥运"等宣传奥运的字样

　　一定会有搞怪的集体动作

　　一定会把歌词写在板上或者打在布标上

　　一定是风格统一的服装

　　一定会进行认真地排练

　　云南福娃连续三年参加"广院之春"，大二和大四作为参赛选手，进行了初赛和复赛共四场，大三作为表演嘉宾出现在复赛。共创作了5个作品，或轻快，或调侃，或活泼，或深沉。每一首歌都分别记录着一段时间内他们对于爱情和生活不同的感触和理解。

　　2006年4月8日　　"广院之春"初赛 云南福娃1号作品《最近比较烦》

　　2006年4月X日　　"广院之春"复赛 云南福娃2号作品《爱的新体验》

2007年4月16日 "广院之春"复赛 云南福娃3号作品《情非容易》
2008年4月3日 "广院之春"初赛 云南福娃4号作品《有一只虾》
2008年4月11日 "广院之春"复赛 云南福娃5号作品《广院姑娘》

每一年,云南福娃似乎总是表现出和往年不一样的状态。第一年的热情紧张(甚至严重忘词了),第二年的成熟老练再到最后一年的深情怀念。或许我们可以把它称之为成长。

三年前想着如何能更红一点的五个人现在为考研和工作而努力。那些无忧无虑的校园生活已经过去,但不管怎样,希望云南福娃能为你带来欢笑和快乐,也祝所有04级毕业生:找到合适的工作,过上幸福的生活。

附上《广院姑娘》歌词:

王博

还记得04年五十年校庆
在核桃林见到陈鲁豫
她告诉一定要好好学英语
女朋友要找国传滴

崔晨韬

我鼓起勇气告诉你个小秘密
我来自广院的数学系
你傻傻的问我毕业干什么去
难道开拖拉机

不明白不明白
广院姑娘心情变得快
表了白,说了爱
为何三天不见就说拜拜

我明白我明白
广院姑娘其实很可爱
我会一心一意好好爱你
毕业后也不改

马骁
还记得一开始你不肯答应
和我去椰子井看星星
你说看星星不如广院的肉饼
吃肉饼不如买LV

汪悍贤
当我最寂寞的时候找红颜知己
看到柠檬宝贝的ID
你的头像为什么能够这么美丽
是不是自拍滴

不明白不明白
广院姑娘心情变得快
表了白，说了爱
为何三天不见就说拜拜

我明白我明白
广院姑娘真的很可爱
我会一心一意好好爱你
毕业后也不改

李原
还记得三年前站在这舞台
云南福娃的初次参赛
而我邀请的姑娘一个都没来
没想到还进了复赛

合
转眼间我们就要告别这舞台
广播学院也已经不在
只要我的身边永远有你的关怀
幸福它就会来

Say goodbye, say goodbye
广院姑娘别为我伤怀
舍不得,你们的爱
我用一生一世为你等待

Say goodbye, say goodbye
广院姑娘真的很可爱
我会一心一意好好爱你
永远也不会改
我会一心一意好好爱你
永远也不会改

我会一心一意好好爱你
永远也不会改

广院姑娘，广院的姑娘
可爱的姑娘，漂亮的姑娘
广院姑娘，广院的姑娘
心爱的姑娘，热情的姑娘
广院姑娘，广院的姑娘
亲爱的姑娘，善良的姑娘
广院姑娘，广院的姑娘
再见吧姑娘，再见吧姑娘

关于考研说两句

记于2008年4月3日 得知自己考上中国传媒大学研究生后。

考,还是不考?一笔糊涂账。

10月1日 和三个保了研、一个年薪十万的好友们一同出游去上海、苏州、南京玩了10天。

10月10日 决定考研。

10月20日 买了2本政治复习资料。

关于为什么考研这个问题应该也必须有个明确的答复,考研是个耐力活,过程中干扰很多,如果没有理由,就没有定力和动力。前辈们都有关于为什么考研的说法,比如为了证明自己,为了增强社会竞争力等。很多很有道理,也值得为之奋斗,但不适合所有人。我的理由很简单:我想,10月到1月,顶多三个月,如果找工作,找不到混混很快就过了,还不如考研,即使考不上,浪费掉的也不过3个月,之后时间一大把,还愁找不到工作?如此低风险高回报的事为什么不干?这个我自以为很精明的理由竟然麻痹了我很久,贯穿考研的整个过程,坚定不移,所以即使后来有很多别的事情,生活的重心始终不曾偏移。但其实这理由相当不靠谱,因为从这时开始到最后,远不止3个月那么简单。而且和找好工作的黄金时期硬碰硬,实际上没有退路。

效率!效率在哪里?

10月21日 上午在家学习,下午和同学要么健身要么游泳。这种状态持续将近一个月。

从松散的学习状态突然转换到紧张的学习状态,让我感觉相当不知所措。一心想着要边学边健身,要不然怕后面身体吃不消。但过多的事分心确实不小,效率提不起来,进展十分缓慢,一周后调整状态做了简单的计划,包括一天学多少，时间如何分配等。但计划赶不上变化，规律了没几天，要准备去台湾了。

的确很慌，但能怎么办？

11月15日 准备赴台手续，未能参加专业英语考试，只能等到来年毕业大补考。

11月20日 去台湾交流学习10天。

12月1日 专注写交流学习报告，连写一周，共三万余字。

期末考陆续来了，好在文科的课不需要花太多的精力去备考。大三下学期接到的通知赴台交流学习，和考研复习冲突了，但这种机会没理由放弃。去之前我想要不要带单词书什么过去，后来装进背包的书又拿出来了，既然是去交流学习，一心不能两用，空手去，落下的功课，回来拼命补吧。特殊时期放的这10天假，很愉快。记忆会淡去，所以回来后趁热打铁写交流报告，但没想到这一写就5天，挤占了所有的复习时间。

再不拼命，就废了。

12月7日 进图书馆打游击，早上十点到，下午四点走。

12月12日 进图书馆专注学习，早上九点到，晚上八点走。

12月15日 考研强化班。为了省去第二天早上上课的路途辛苦，决定在上课的大学里找床位，但联系晚了，经介绍投宿附近青年旅社，实际是半地下室，无隔音，被子薄且有浓烈的袜子味。

12月17日 进图书馆刻苦学习，早上第一个到，晚上最后一个走。

1月13日 考研押题班，上到一半，感觉毫无用处，随大流，走了。

你尝试过一天当中连续12个小时什么也不干就看书写字不？至少我没有，大学前三年半一次都没有。当这种完全陌生的生活真实摆在你面前，人就会比较无奈，再当这种生活日复一日没有休息日地持续下去，人就会比较崩溃。单调枯燥

> 考研，我跟你拼了！

的生活给我设置的程序就是每天早上天不亮就起床,帽子、手套、围巾等御寒专用品武装到牙齿,背着装满书和资料的大书包,提着水壶、早餐赶往图书馆,从天黑坐到天亮,从天亮坐到天黑,再黑,更黑,绝对黑,回家,睡觉,第二天继续。听上去是不是有些恐怖?

其实一点也不恐怖,甚至是很有乐趣,因为人总要适应环境的,尤其发现自己不是一个人在战斗。考研这事,把一堆从前不相干的人的命运连在一起了。所谓"研友",就是大家相互不认识,但是长期在同一个地点、同一个角落、同一个位子学习,没有人规定他们必须这样,但确实就这样了,也就是说,大家的生活和你一样富有规律。所以生面孔看很多遍就熟了。认识的人一起考研就变成"战友",要么是在精神上相互鼓励,要么是在生活上相互帮助,共同为一个目标奋斗,充满了使命感和革命感。所以这在外人看来"单调枯燥"的生活其实也有些小乐趣的。

当然还是会有些小小的寂寞在身边。12月31日跨年的那一夜,自己一个人捧着书本寂静地跨过,给战友们发了一条短信:寂静的夜,你是否也和我一样独坐桌前,手拿书本看床前明月光,享受吧,这样的新年只有一次,加油,新年快乐。

尽心,尽力。

1月19日 考研开始。

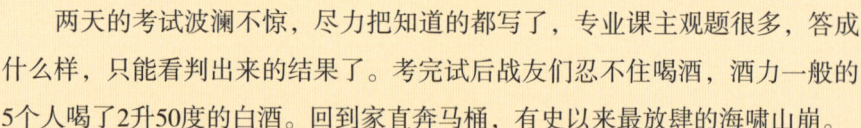

1月20日 考研结束。

两天的考试波澜不惊,尽力把知道的都写了,专业课主观题很多,答成什么样,只能看判出来的结果了。考完试后战友们忍不住喝酒,酒力一般的5个人喝了2升50度的白酒。回到家直奔马桶,有史以来最放肆的海啸山崩。

1月21日 被迫搬家,无家可归住旅馆。

1月23日 回昆明,把关于考研的所有封存在北京。

有一天在饭桌上聊起亲戚的孩子研究生快上完准备找工作的事,我冷不丁第一次跟家里说我也参加了研究生考试。爸妈笑了,连说好!好!这正是

他们一直希望我去做的事情。我知道,所以一直没有告诉他们,即使是我最艰难的时候,因为考试的时候往往父母更着急。我说我只是参加考试了,至于能不能考上,是另外一回事了。

等待的喜与愁。

3月3日 从家回到北京,考研成绩成了最大的心事。

3月13日 考分公布。上午9:00,370的总分,但2小时后作废,重新更正的总分为352,比我的预期要高。然而48的英语单科让我忐忑不安,仅比前年分数线高1分。我的生日4月8日,考分48,没想到分数会和命运联系得如此紧密。

考试从来都是几家欢喜几家愁,分数公布的当天,欢笑和泪水并存。我哭笑不得,尴尬的分数,让悬念继续萦绕。人的一生总会记住一些数字,比如高考546,所以我希望自己的分数能促成一种巧合,所以预期是346,没想到,巧合竟然和生日联系在一起。这也恰恰让我想得很开了,总分对得起我的努力,是成是败,都是命,静静等待分数线吧。

我不是一个人在战斗。

3月31日 国家线公布,从考研结束到现在为期2个月零10天的等待结束了。45分的英语单科线,终于,比我的考分低,过了!

当天晚上给爸妈打电话,他们倒很平静,叮嘱革命尚未成功,不能放松。我想,阶段性成功了,可以小结一下。

没有身边兄弟姐妹们的支持,我一定考不上。

对于考研我始终表现得不够积极,不主动学习,不主动查资料,不主动去看信息,不主动报班。

是丫溪,始终支持并鼓励我考研,并把她有的资料和经验告诉我,笔记、单词书、考研班听课证,写的都是是她的名字;

是小崔,每天提供我最新的考研动态,他有的资料一定不会忘了多给我复印一份;

是肉肉,生拉硬拽把我扯去图书馆自习并帮我占座;

是后子,每天坚持上自习并始终督促我早起早去;

是倩薇,总会把她从前辈们那里得到经验跟我分享;

是刘叔,总会拉我游泳健身,并上了第一堂政治辅导课;

是小强,虽然来图书馆来得晚,但每天早上占座总是十分积极;

是小四,大老远捎来卡片说为我祈福保好运;

是云南福娃和媒创军团,让自习室像个大家庭,去了就有归属感;

是很多朋友的短信,每条都会带上两个字:加油!

不是命好,是这些可爱的人真正把我当朋友。

不管工作还是复试,我都希望你们一路顺利。

丫溪,嫁给世吧

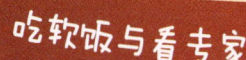

吃软饭与看专家

记于2008年2月14日 发现自己有上下牙合不拢的毛病后。

一觉醒来,上下牙齿合不拢了。

这病尴尬。牙齿合不上意味着不能完成咬和嚼这两个基本动作。大过年的,民尤其以食为天,所以不管病症严重与否,其影响已然很大。没办法,现在什么东西都嚼不动,包括饭,含呀含呀把口水都含干了都含不软。真希望能天天吃软饭。

于是我就去大医院看专家。其实疼是疼在脸上,牙根与耳朵之间的部位。但是医院没有脸科,权衡了一下之后去看牙科。

走进牙科,电钻声音直接把我鸡皮疙瘩全钻出来了。弄牙齿这一套自从换牙后就再没碰过,但之前的阴影已经让我牢记终身。专家客气地招待了我让我坐在牙床上,然后拿了牙齿镜电钻等往我旁边一放,然后让我躺下问我哪颗疼。我说我不是牙疼而是牙齿合不拢,不能做咬和嚼这两个动作。

他说,"那你咬。"

我纳了一个闷,然后再说了一次我不能做咬这个动作。

他说,"没事,你咬。"

于是,我咬。

他说,"咽口水咬。"

于是,我先咽了口水,然后咬。

他说,"不是这样,咽口水咬。"

于是我开动了所有脑筋想咽口水和咬之间有什么逻辑关系,然后我憋足了一口

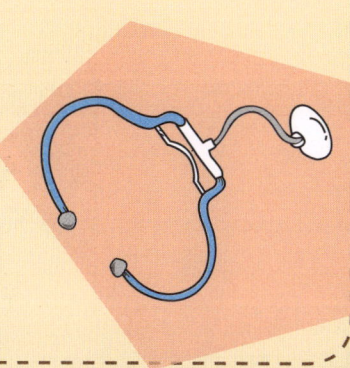

水，在咬的一瞬间咽了下去。

他说，"不是这样咬。"

于是，我左牙齿咬，右牙齿咬，门牙咬……

多次尝试后终于咬对了，原来所谓"咽口水咬"就是上门牙要在下门牙前面（而不是地包天）。

于是他捏我的脸，捏到痛处，感受了一下，然后说要照片子，第二天拿着片子挂专家号找他。

我照了，牙痛的人照一颗牙齿，我这种牙不痛脸痛的人却照了满口的牙齿。100元。

至于我这上下牙为什么合不拢，折腾了半天，我还是不知道。不过一切秘密都在这张照片上了，等明天时辰一到，是什么毛病肯定一目了然。

于是在情人节的一大早我就去挂了专家号，满心期待把片子给他之后：

专家问,"有没有咬过硬东西?"

我说,"没有。"

专家问,"有没有吹着冷风?"

我说,"可能有。"

专家说,"恩,去照个片!"

恩,还要照片,两张!

我去收费处问了个价,这次照的花费是200元。

于是我回去见专家说人太多我现在不想照,麻烦您告诉我这问题大概是怎么回事。他说是由冷空气引起的关节损伤,并给出了以下治疗建议:

1. 回去用热毛巾敷;
2. 不要张大口;
3. 不要咬硬东西(我靠,我再说一遍我不能做咬这个动作);
4. 慢慢会好。

回去后我琢磨了一下这病症,别人走路崴了腿,我吃饭崴了嘴,崴了腿走不了,崴了嘴嚼不了。如此而已。

像崴了脚这样的病我也算专家了,先给你整个腿照个片,然后再给你脚关节来套写真,然后告诉你用热毛巾敷,不要大步走,不要跑步,慢慢就会好。

看来还得吃几天软饭。

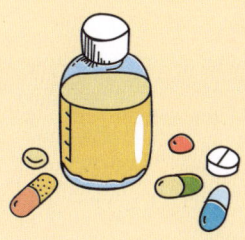

广播台的核心是编辑

记于2007年4月8日 任中国传媒大学广播台台长的一些工作体会。

前两天和某大学台长聊天的时候共同感慨：广播台的立台之本是节目。在我们的广播台组织架构中，节目的核心是编辑，把握节目的方方面面。

回想起自己节目组当初遇到的挫折困难和那些走过的弯路，感慨良多，相信以下的文字能对后来者们有所帮助。

一、态度决定一切

编辑必须要有上进心、责任心。节目就是自己的形象，荣辱与共。

二、关于意见统一

编辑在上任之初面临最大的问题可能会是各种形式的意见不合（注：一个节目组由2到3名编辑组成，其中一人为责任编辑，是节目的总负责人，编辑基本上是在有一年广播台工作经验的记者当中竞聘产生，竞聘成功的编辑再按需求招聘师弟师妹作为记者）。刚从记者竞聘成为编辑的时候，对节目的风格和方向有了主导权，每个人都不会只按部就班照着原来的模式做，必然会有些新想法和新点子。但是几个人的点子碰到一起就很容易出现碰撞和摩擦。常见的形式有：

1. A并不认为B的点子有利于节目发展。B的点子A明明觉得不好，也提出来了，但B偏要坚持，还指责A的点子也好不到哪里去。作为A，该怎么办？

不管别人的点子究竟是好是坏，首先，我们必须对别人点子中闪现的光点予以充分的发掘和肯定，如果发现里边有光点但还是觉得不好，就考虑是否可用变通的办法使之可行，如果还是觉得不好（当然这种可能性就小很多了），那么在刚开始也不能极力阻止，因为有可能最终的成品会比预先的点子更让人满意，做就做吧毕竟都是编辑。做出一期成品出来之后，就需要理性的分析利弊，好的延续下去，不好的就一定要改进，改进不了的坚决淘汰。

2. 我觉得我和他的风格存在很大差异。我喜欢的很正统，而他喜欢的太激进。怎么办？

首先，二者并不是完全矛盾的关系。在正确协调的情况下，二者可以转化为优势，使得节目组风格更多样，形式更具变化。当然，二者都不能觉得自己偏好的一定是好的，如果都死守着自己所谓的"偏好"，那就都成了顽固保守了。以"激进"为例子，激进的不能以激进为荣而一路到底越来越激进，在正当时机发挥的激进，才能算是真正的有风格。

3. 我觉得记者犯的这点错不值一提，而另外的编辑却看得很严重。怎么办？

这种情况与个人性格有关系，但最重要的是，你对此问题的看法是否达到了别人的高度？你是否认真考虑过这个问题有可能带来的影响有多严重？你是否以他的视角来审视这个问题？如果这些你都做到了，而还是觉得他把事情看得太严重了，那你就应该劝他冷静些并把事情看淡点儿。

三、关于规则和标准

一定要在刚开始制定一些规则和标准，这些规则首先是梳理给编辑自己看的，可以是写在纸上的，可以是约定而成的。不管形式如何，最终目的是达成默契，形成一种良好的习惯和氛围。规则的作用不在于限制，而是让你们有一个明确的共识，以至于不再在这些问题上产生不必要的分歧，更是树立威信的必要保证。之后才是给记者看，告诉他们应该往哪个方向努力。

我们在做节目的时候有一些习惯。

一是节目稿件的准备工作：

1. 坚持所有人参与每一期节目的稿件筹备。板块可以轮换、工作量可以不同，但一定是让每一个人都承担节目的一部分。

2. 成品不光是文字，还包括垫乐、音效等。做事做完整。

3. 上半学期由编辑轮流组稿，下半学期渐渐过渡到由记者轮流组稿。

4. 在组稿的时候，对于每一个要用到垫乐和音效都对其文件名进行修改、编号，并在节目稿件相应位置标注清楚，如："垫乐02 爱的代价"、"音效03 街道嘈杂音"。前期这样简单的工作会对后期制作带来很大的便利。

5. 在节目录制的头一天或者头两天，一定会把第二天播出的完整节目稿传给播音（主持人）看，让他们对节目内容有个整体把握。如果他们对内容等有意见，我们也好及时修改，避免录制中发生分歧。

6. 节目稿准备5份：两位主持人一人一份，制作（技术）一份，编辑一份，记者一份。谁组稿，谁负责出钱打印复印。

二是节目录制过程中：

1. 在节目录制的当天晚上，没有特殊情况，所有人都要到台里，一起完成节目。

2. 在节目正式录制之前制作一定要进行音频调试（调整话筒位置、主持人位置以及输入信号大小和质量），在调试过程中要和主持人沟通，聊些本周热门的、有趣的事情，调整气氛，让主持人放松，以便达到最佳主持状态。

3. 在正式录制各板块前，板块负责人要和主持人说清楚需要的感觉以及稿件特色，在录制过程中，坐在制作旁边，一是协助制作标记录音错误，以便后期高效率地进行剪辑，再是指导垫乐和音效的添加位置。

4. 每一个板块录制完毕、口播剪顺之后，就趁别的板块正在加音乐音效的时候，负责该板块的人就在编辑间的电脑上边听最终音频边改节目稿，使节目稿与最终音频匹配。

5. 整个节目合成完毕后，分别存成几个版本。

版本1：192 kbps mp3 文件名为：阳光不休假＋X年X月X日＋主要节目内容。如：《阳光不休假 2005年12月28日 娱乐年终盘点》。该版本音质效果好，文件名清晰。保存在广播台电脑里一份，每个人自己U盘拷贝带回一份，编辑把音频节目和修改过的节目稿放在一起保存。

版本2：64 kbps wma 文件名为：20051228b.wma（网络代号）。该版本占用空间小，传作网络版。

6. 整个节目合成完毕之后，立即把音频上传到网络部ftp上，并且把修改过的稿件文字粘贴到网上。第二天节目播出的同时就可以用台里电脑审核头一天传好的节目，非本校听众也能和本校听众同时听到节目。

7. 节目合成之后工程文件和素材并不立即删除，每次由一人负责晚上回去之后审听节目，如有技术上的失误，立即告诉制作，制作在第二天节目播出前到台里进行修改。

三是节目录制完成之后：

1. 打扫广播台卫生，检查并关闭所有电源。

2. 一起回宿舍，先送女生，男生再一起回。

3. 第二天中午，没有特殊情况，所有人都聚在一起听节目，自我评价，相互点评，发现问题。当天晚上上网商量下期节目内容。

四、关于审稿

必须要明确的是：审稿过程贯穿于编辑的整个任期，因为这是作为编辑最基本的任务，只是每个时期审稿的侧重点不同。

在记者开始写稿的至少两个月内，记者的稿子应该是两个编辑都要审，两个人按自己的观点给出修改意见，然后汇总。编辑首先要统一思想，没有不同的观点才可以给记者看。用两个月的时间让两个编辑在"审稿标准"上达成默契。如果不这样做，两个人给记者的分别是两份不一致的意见，则非常不利于编辑威信的树立。

两个月（或更长）后，记者稿件基本符合节目要求后，每篇稿件只需一个编辑审阅即可。编辑可以单独给出意见和建议。直到上半学期期末。

下半学期的头两个月，编辑应该对文章的整体内涵，行文给出观点和判断，并且整体把握成稿的结构、风格。

下半学期后两月，应该给记者更多的实践机会和经验。只要防止出现政策性、原则性错误即可。

当你发现问题时，不要只说你应该怎么改，而一定要告诉记者为什么要改。

五、关于各个阶段的大致目标和安排

编辑第二周就可以给记者们布置第三周的任务了，让他们做一些简单的板块，之后轮流做上一个月后，可以让表现好的人先来做些主要内容。在第一学期中，编辑要亲写亲抓的是节目主要部分、新板块的内容、片花和最后的整稿统筹工作。在第一学期期末的时候可以考虑让他们在编辑不写稿的情况下完整的出一期节目。第二学期开始的3、4月，编辑就不再包办主要内容，而是引导性地带着记者做，让他们来触及这一领域，并且组稿该由记者自己来完成。5、6月重点考察的就不应该是他们的稿子写得好不好，而是他们自己能不能判断稿子好不好，可以让每期负责人在整稿之后对这期稿件进行评价。

六、关于凝聚力

一个组有没有凝聚力首先要看编辑有没有对节目的持续热情和对记者的长期关注。每一个人都不仅要为自己，还要为他人负责。让每一个人都明白，自己的散漫会带来整个节目组的不协调。对于交给记者的任务，之前要耐心的把要求讲清楚，之后就要充分信任他们完成任务的能力。给予他们必要的自信。这样记者才能更好地融入到这个团队来。对于播音和制作，思想观念上首要明确，大家不是简单的合作关系，而是为了让节目达到更高水平而相互学习，相互监督的良师益友。假如播音来了录完走人不再过问节目最终怎样，制作做完节目不再和节目组有何关联，那么一方面可能是他们自己的失职和不负责任，另一方面很可能是对节目的不满意。要知道，广播台最大的乐趣莫过于节目组里暖融融的氛围了。播音应该把节目当做自己值得炫耀的作品，制作应该把自己看作保证节目质量不可或缺的人，而编辑和记者们则要拿出优秀好听的作品，让成就感弥散在整个节目组中。中午一起听听节目，讨论讨论优点不足，做完节目一起回家，开开玩笑吃吃东西放松放松。这样，团队就能保持活力，保持战斗力。

校园的大路两旁,有一排光荣的红榜

记于2007年2月4日 重回母校有感。

母校高中高考后总是会有张扎眼的大红榜。上面写着历届(从90届开始吧)考上清华、北大这两所全国综合类院校最高学府的学生的名字,满满一大张,标题意思是:本校教学水平一流,教育成果显著。它体现了一种普遍的价值观:哪个学校考上清华、北大的多,哪个学校就是最一流的学校。学校认这理,家长也认这个理。评价一所高中好不好,进步不进步,比比每年考上清华、北大的学生人数就行了。换句话说:10个考上"中国传媒大学"的学生并不如一个考上清华、北大的。

所以崔永元、白岩松、罗京、周涛等都不如他们班考上清华北大的。

这种价值观深深影响过我和我周围的好学生。我的高中时代眼里只有清华、北大没有其他学校的人不在少数。一流高中的孩子们在老师的引导下沉醉在月考谁考第一、数学大题做出几题、综合谁分最高这些主流话题上。那些编排并导演全校最佳课本剧、拿着吉他原创歌曲、画出来的漫画被周围同学争相传看、对电影有独到见解、极富表演才华的孩子们仅只得到昙花一现的荣誉是根本没有任何积极刺激,反而成了边缘人物和异类分子,被月考煎熬打击,被老师奚落排挤,因为他们从头到脚用小脑想想都不可能是考清华、北大的料。有的放弃特长爱好,投奔题海,最终天赋不足考分不够不得不降级报考取分较低的院校,有的走投无路在同学们异样的眼光中报考艺术类院校,有的干脆自暴自弃成为社会累赘。只因为他们不是考清华、北大的料。

我想我属于老师眼中的好学生，因为成绩不错，月考名次靠前，有潜力。所以老师总是鼓励我多做题，多学习，少干唱歌跳舞看电影打游戏等其他多余的事。我听进去一半，多做题，多学习，但悄悄地干其他多余的事。结果果然考不上清华、北大。填报志愿时看着各种专业心里不停感叹，学了三年除了对分数感兴趣，对任何专业都不感兴趣。所以对报考学校和专业没有任何偏向，只能翻着高校往年录取分数线，从高到低，哪个合适去哪个。我想去北京，老师给建议说北邮北师北理农大都不错，可惜你的分太悬，多斟酌。看着周围朋友们一个个奔一流高校去了，不甘心，想不通，晚上睡不着觉，睡着了也做噩梦，梦见自己只能上二流学校。但最终为了保险，第一志愿填报了老师和家长以及同学们眼中的非一流学校——北广，录取，一不小心噩梦成真。

来到北广才知道什么叫行行出状元,原来那些编排并导演全校最佳课本剧、拿着吉他原创歌曲、画出来的漫画被周围同学争相传看、对电影有独到见解、极富表演才华的孩子们都可以成为优秀的,值得骄傲的国家栋梁之才。

现在我所认识的学校优秀分子们一直在干那些多余的事,而且花样更多,内容更丰富,自己也从中获益匪浅。有一次睡觉做噩梦,梦见醒来的时候坐在北大的课堂听老师讲拉格朗日,吓死我了。

于是我愿意和崔永元、白岩松、罗京、周涛一样,安心的待在"非一流学校",好好学习,将来成为国家的栋梁之材。

同时祝愿考上清华、北大的同学们越走越好,背负着母校高中的重托,好好学习,成为同龄人中的龙头,将来不管工作、考研、出国甚至改国籍,成材了别忘回报国家,回报家乡,回报终身以你们为荣的母校高中。

我们要结婚,欢迎来蹭酒

早知道会那么红,当初拍的时候我就不那么猥琐了。

以前特别想做点被人关注的事好满足一下自己闷骚的虚荣心。比如干完晚会希望片尾字幕飞得慢一些、上舞台生怕发型不够劲、在论坛发文章就老想刷新看有多少人回等等。2011年4月16日求完婚后把视频传到网上给朋友们分享。在微博上被母校有影响力的老师关注后居然有了几百条的传播度,因为研究生阶段我参与的校园活动显然比本科时候少很多,所以还能得到很多陌生校友的关注已经算是结结实实的虚荣了一把。

然而事隔一个月后的一天,事情朝着我完全没想到的方向发展,视频网站首页推荐、社交网站多人分享、微博大号迅速转载,一切来得那么突然,不到2天时间,长久没有联系的同学给我打电话、媒体开始联络我、最后居然在手机报上成了一条新闻。朋友说:"我靠,我TM竟然能跟网络红人如此之熟。"我和丫溪真是傻眼了,有天晚上啥也不看,就坐在那看上万条的评论。绝大多数网友们送上的真挚的满满的祝福让我们一度热泪盈眶。参与视频拍摄的朋友说:"早知道会那么红,当初拍的时候我就不那么猥琐了。"没参与拍摄的朋友说:"伤感情了,人生大事不叫我。"丫溪去求职面试的时候,还真有人把她给认出来了。我跟丫溪说,肯定是撞大运了,这比中彩票还不容易。

一个本来想红的人通过意外的方式"红"了一下,我一直都很矛盾纠结,既兴奋又不安,兴奋于一种从未有过的被关注的体验,不安于这种意外的关注是否会打扰到我们正常的生活。出版社向我邀稿时,我非常忐忑,我想,是不是有点过了,这得多大能耐或者有多大名气才能把自己的琐事出成书,况且我不是作家、平常也不常写关于生活题材的文字,别到最后贻笑大方啊。丫溪和朋友的支持还是给了我不少鼓励,我想,莫如不如把它看成一份我和丫溪婚前七年感情的纪念,哪怕就周围朋友愿意翻看也就心满意足。既然有人愿意给出书,咱何乐而不为把它作为结婚时的一份礼物呢?

在创作过程中,我们翻看着以前的文字、情书、贺卡、礼物,回忆着七年来的点点滴滴,似乎的确积累了一些故事和感触。或许我们这份从校园开始萌芽、生长、开花,最终在走入社会时结成果实的爱情,可以为现在仍在恋爱征途中的朋友们带去一些信心:两个人可以共同发展,可以不作为彼此的牵绊,可以比一个人时走得更坚定。让我们一起:相信爱情。

目前这一切源于那个让我们收获了太多祝福的视频——《丫溪,嫁给他吧》。我必须感谢所有帮我录制视频的同学朋友们的热情参与,其实我总是认为,这个视频我顶多只有一半功劳,大部分都是你们"为艺术献身"的给力表达。当然,还有那些我本该邀请却不慎遗忘的朋友们,我错了,结婚的时候,咱补上,可不能记仇啊!

我必须感谢爸爸妈妈和一大家子人,之前我一直拿不准是不是应该邀请你们加入这场"有点雷"、"重口味"等新时代标签浓重的行为艺术,老老小小帮小字辈的去干求婚的事会不会有些"不敬"。还好,你们最熟悉的示爱歌曲《甜蜜蜜》同样与时俱进,好有爱哦。也同样感谢未来岳父岳母的鼎

结婚证

马诗歌 和 丫溪 申请结婚，经审查符合《中华人民共和国婚姻法》中关于结婚的规定，准予登记，发给此证。

老公： 马诗歌

老婆： 丫溪

力支持，重磅压轴。

我必须感谢最终让这个视频以极其盛大的方式展现出来的策划者葛丹丹、三拓旗剧团忙前忙后的咚咚和大导演赵淼、幕后执行小分队以及所有前来现场助阵的朋友们。台上5分钟，是我最值得回忆的灿烂经历。

我们必须感谢把我们的求婚故事饶有趣味报道出来的媒体，能当一阵子网络红人，真是走狗屎运了。

我们必须感谢所有给我们送去祝福的网友，没能在网络上一一回复敬请谅解。多谢你们的关注和祝福，让我们未来能够走得更有信心，2012年4月我们将办酒席，如果有缘，欢迎来蹭酒。

我们必须感谢出版社，让我们有机会把这些感谢郑重地写出来。

我们必须感谢手留纸香的读者，唠唠叨叨一堆字，写得不好，您受累了。

我们必须感谢彼此，婚姻那本书翻开了，未来等着我们共同创造。

一个出嫁女儿的父亲的告白

《丫溪，嫁给他吧》的求婚视频爆红网络之后，很多人不约而同地发掘了一招求婚必胜的绝技——把"岳父岳母"发展成"女婿求婚亲友团"的团员；亲朋好友也纷纷恭喜我，女儿终于有了好归宿可以大放一心了，还羡慕我赶了回时尚做了回网络红人。

面对这一切，我心中竟然涌出淡淡的"委屈感"，为什么没有人安慰一下我要嫁女儿的心呢？

在丫溪交男友之前，我一直不太明白父亲们常说的"在父亲的眼里，女儿最可爱的时候是在十岁以前，因为那时她完全属于自己"这句话是什么意思，因为我一直认为，女儿永不会远走高飞。

我无限幸福地享受一个拥有女儿的父亲的感觉——出生那刻把她抱在臂弯中她挥舞着小手的样子，她牙牙学语蹒跚学步的可爱模样，追着我叫"爸爸"的乖巧相，有求于我搂着我脖子对我巧笑嫣然、不满于我站在远处跟我针锋相对的"小样"，坐在我身边跟我分享她或喜悦或稍感难过的表情……

这一切，我都一一珍藏在记忆中。

当我陶醉在丫溪从小女孩到大姑娘的成长中时，某一天，有人给我敲醒了"警钟"，一个叫余光中的台湾诗人在一篇《我的四个假想敌》的文章中，谈到："对父亲来说，世界上没有东西比稚龄的女儿更完美的了，唯一的缺点就是会长大，除非你用急冻术把她久藏，不过这恐怕是违法的，而且她的男友迟早会骑了骏马或摩托车来，把她吻醒。"

这段话无异于一记当头棒喝，我开始暗暗地做好与"假想敌""接火"的准备。

尽管我希望时光的年轮走得慢一点再慢一点，让女儿永远只在我的怀中呢喃，可我的"假想敌"终究还是"原形毕露"了。

2006年，我在瑞士出差时，接到了丫溪的电话，"命令"我要带一对情侣表，挂掉电话之后，我感到手足无措。我不停地在猜测男士表的主人——他是不是丫溪的男朋友？他对丫溪有多少真心？他的性格品质如何？他的学识家境如何？他是高是矮是胖是瘦？女儿是不是从此就要离开我了……

这个"假想敌"在我脑海中不停地闪回，总之，心情有些复杂，疑虑中竟然带点恐慌，就像发现有人僭越觊觎自己的珍宝一样。

从瑞士回到北京，我在宾馆里谋算着如何向这个跟我抢夺宝贝的小子开火时，丫溪含娇带羞地走了进来，我完全不买账，兴冲冲地问："那小子呢？"

"在外面，他叫马骁，有些害怕。"丫溪继续讨好我。

这时，一个阳光帅气的男孩带着腼腆的笑容走了进来，第一感观还不错。当然，我不会就此善罢甘休而省去早就准备好的连珠炮式的"进攻"，小伙子很聪明，始终表现得真实诚恳，投降味十足，最后，我不得不做出了"留予察看"的决定。

这一察看就是五年。

马骁用他始终如一的真诚消减了我的"敌意"，当他恳求我作为他跟丫溪求婚的后援团时，我还是欣然答应了。

尽管我很不舍得移交父亲的责任棒和女儿的依赖感，但我也明白，这个"两个男人间的交接仪式"终要举行，算我当年从岳父手中迎娶妻子的宿命轮回吧。

尽管"养了那么多年,怎么突然就是别人的了"这种父亲的酸楚感依然存在,但跟每个父亲一样,嫁女儿时只有浓浓的祝福。

因此,借本书出版之际,我想对丫溪说:"女儿,不管是你出嫁前还是出嫁后,你永远是爸爸最珍爱的宝贝。多一个男人带着跟爸爸一样的心意珍爱着你,作为父亲,感到欣慰。带着父母家人和千万网友的祝福,你和马骁要幸福美满的生活,在北京的大舞台上演绎一段精彩的人生。"

网友评价（微博）：

@christinajunjun：看着看着笑了起来，笑着笑着笑出了眼泪，感动，感慨，祝幸福。

@赵一雯AngelicaWen：前半段笑喷，后半段泪奔。传媒男人油菜花~姐妹们，这个可以有！

@PrinceDiaries：一个男人肯这样做，真的很不容易，非常不容易。我哭了，这个时候我太脆弱了。谁会愿意为我做这些呢……

@荣老爷：男人值不值得终身托付，那就看他身边有多少朋友，朋友的质量好坏最能真实反映出这个男人的质量，恋爱中的姐妹们请先了解他的朋友圈，不要被甜言蜜语冲昏头脑，哥多年总结而出。

@崔西糖：笑着笑着就哭了，哭着哭着就笑了，最后含着温暖的泪笑着看完了，多么幸福的女人！

@Leebin7：我很少转发的，真的……所以你们懂的……确实很不错的一段视频，有新意，有突破，有用心，如此浪漫而有趣的求婚方式，对于"恋爱婚姻"是完美的结局吧~

@亲爱的郭郭：且不说拍的好不好，就说为了拍这个费了多大心力，花了多少时间，这个男生真的是爱这个女生啊！……~~不过，拍得是真棒啊！

@弓長女圭女圭：超有爱 超有爱。非常给力可爱的亲友团！搬出岳父岳母这招不得了啊！最后放歌的时候，超超超感动。热泪啊~~~ 姐妹们，都结起来啊。幸福起来啊~

@胡家小懒虫：作为一个路人甲都感动的不行了，更何况是主角了，祝福你们白头偕老~~

@苍云断秋：学生时代纯粹的爱情，让人心醉，让人流泪！人生若只如初见，何事秋风悲画扇！

@Joei--Lee：《单身男女》的求婚片段也让他给比下去了！因为他贵在个"真"字！

@蓝男：哎呀，要死呀，求个婚有必要搞得这么煽情的吗，上个班，看个无声的都被感动到眼泪汪汪滴……这没婚求的人儿你们也伤不起滴……讨厌讨厌……

@波希米亚薄荷熊-Ivy：浮躁的社会需要这么纯真的感情。

@走起玩去：好策划、好文案、好片子、好作业。好同学、好爸妈，好朋友、好幸福。呵呵，祝福。

无论你遇见谁,他都是对的人;
无论发生什么事,那都是唯一会发生的事;
不管事情始于哪个时刻,都是对的时刻!

图书在版编目（CIP）数据

丫溪，嫁给他吧/马诗歌，丫溪著.—长沙：湖南科学技术出版社，2011.12
ISBN 978-7-5357-7059-2

Ⅰ.①丫… Ⅱ.①马…②丫… Ⅲ.①散文集–中国–当代 Ⅳ.①I267

中国版本图书馆CIP数据核字（2011）第282586号

丫溪，嫁给他吧

著　　者：马诗歌　丫溪
责任编辑：林澧波　李文瑶　杨旻　周妍
插　　画：罗浅溪
出版发行：湖南科学技术出版社
社　　址：长沙市湘雅路276号
　　　　　http://www.hnstp.com
邮购联系：本社直销科　0731-84375808
印　　刷：湖南天闻新华印务有限公司
　　　　　（印装质量问题请直接与本厂联系）
厂　　址：湖南望城·湖南出版科技园
邮　　编：410219
出版日期：2012年3月第1版第1次
开　　本：880mm×1230mm　1/32
印　　张：5.5
字　　数：150000
书　　号：ISBN 978-7-5357-7059-2
定　　价：29.80元

（版权所有·翻印必究）